大江健三郎
柄谷行人
全対話

世界と日本と日本人

講談社

大江健三郎氏と私

柄谷行人

大江健三郎氏と私の、この三つの対談（1994-96）を、私は長く読み返したことがなかった。また、よく覚えてもいなかった。編集者から本にしたいといわれたとき、私はもう古いのではないか、と思った。二〇年あまりも経っているのだから。しかし、読み返してみると、別に古びた感じはしなかった。むしろ、当時は予感でしかなかったような未来が現実化しているように感じられる。

私たちが対談したのは、ソ連圏の崩壊によって、米ソの二元的対立の下にあった戦後世界が終って間もない、その上、日本では「昭和」が終って間もない時期であった。当時、「歴史の終焉」という言葉が風靡していた。そして、新自由主義のスローガンとともにグローバルな資本主義の発展が盛んに語られていた。日本の中でも、同じような展望が語られた。しかし、私がこの時期に感じていたのは、アメリカの相対的な没落とともに、新たに列強が争う帝国主義時代が始まるだろうという予感である。

その予兆は一九九一年に始まった「湾岸戦争」にあった。さらに、日本の派兵。私が憲法九条について真剣に考えたのは、この時が初めてであった。また、私はこの時期に書いたものを、『〈戦前〉の思考』（一九九四年）という題を付して出版した。これは第二次大戦前という意味ではない。今後に戦争がある、そして、現在を〈戦前〉とみなして考える、という意味であった。おそらく、大江氏にも〈戦前〉の思考があった。だから、この時期に、このような対談が成立したのである。

しかし、この対談を読み返して、私は、政治・経済的な次元とは別に、それと関連するとしても、異質な「終り」の問題を見出した。それは「文学の終り」という問題である。むろん、それは近代文学の終りという意味である。近代文学とは、私の考えでは、小説のことである。それは詩や物語と違って、近代に発生した文学のジャンルである。この対談で、大江氏は、ロレンスをピークにして「小説」というジャンルは終ったのではないか、という。ロレンスまでは、小説はどこに向かうのかわからないが、作家が書かずにいられないから書くというかたちで書かれてきたのだが、以後、小説そのものにそのようなエネルギーがなくなってしまったのではないか、というのである。実際、大江氏は、そのように述べた時期に書いていた『燃えあがる緑の木』を完成した後、断筆を宣言するにいたった。もちろん、その後、新たな境地に立って、小説執筆を再開したのだが、そのこと自体、先の発言を裏書きしている。つまり、新たな境地とは、前方に盲滅法向かうものではなく、過去をふりかえるしかないということから来るものだ。

ただ、私はそのような姿勢をすでに『懐かしい年への手紙』（一九八七年）に感じていた。私は一九八九年に「近代文学の終り」（『歴史と反復』所収）という評論を書いたのだが、それは昭和の終りやソ連邦の終りとは別の話であった。私がそれを書いたのは、『懐かしい年への手紙』に触発されたからである。そこに「終り」の意識を強く感じた。私が「歴史と反復」について書こうと思ったのは、それがきっかけである。

「小説の終り」という事態は、小説家だけでなく、私のように文学批評を書いている者にとっても大きかった。私が哲学でも社会科学でもなく文学批評に向かったのは、一口でいえば、「小説」があったからだ。そこには、何か未曾有の正体不明の力があるように見えた。小説は何もかも入る容器のようなものだ。自分の存在（実存）も社会も宇宙も。「文学批評」が小説に関して始まったのも、そのためだと思う。小説を書く者だけでなく、読む者も問わずにいられないような問題が、そこにあったのだ。したがって、「小説」が終ると、「批評」の存在理由もなくなってしまう。いや、小説にはまだ可能性がある、と小説家がいうことに私は反対ではない。しかし、私は小説家ではないし、小説を蘇生させるために批評を書くという気にはならなかった。事実、私はこの対談から四年後、すなわち、今世紀に入って文学批評の仕事をすべてやめてしまった。これらの対談を読みかえして気づいたのは、この時すでに、文学批評をやめることを考えていたということである。

大江氏と私は大して歳の差がない、ということに気づいたのも、この時期であった。私は彼をはるか年配の人のように感じていたし、彼も私を若い人だと思っていた。若い頃は、学校の年度で六歳違うと、まるで違うように感じるものだ。その上、大江氏は私が高校二年のころにデビューし地位を確立していた作家であった。のみならず、大江氏は、私が日本の現代小説で惹かれた最初の作家であった。私は中学のころからドストエフスキーを読み、高校に入って、サルトル、カミュなどのフランスの小説を読んでいたが、その間、現代日本の小説には興味をもてなかった。戦後文学も読むようになったのは、大学に入ってからだ。そのような私が高校二年のころ、学校の図書室で、大江氏の小説を読んで、その新鮮な文章に衝撃を受けたのである。その意味で、私に日本の現代文学に近づくきっかけを与えたのは、彼の小説であった。それはあまり人に話したことのない、大江氏との因縁である。もう一つの因縁は、一九六九年に、私が「漱石試論」で群像新人文学賞（評論部門）を受賞したことである。その時の選考委員は、野間宏、安岡章太郎、江藤淳、大江健三郎の四人であった。この意味でも、大江氏は私にとって先達であった。だから、奇妙なことだが、われわれが同じような世代に属するということを初めて感じたのは、この対談の時期なのである。

私は群像新人賞をもらったあと、文芸批評家として書き始めた。といっても、それは長く続かなかった。数年後に、私は文芸批評の道からはずれるようになった。たとえば、『マルクスその可能性の中心』（一九七三年）という評論を群像に連載したのである。もっとも、それこそ「文学批評」なのだと、私は言い張ったし、今もそう思う。しかし、私がやっているようなことに、小説家が興味をもつことはないだろう、とも考えていた。だから、大江氏とも儀礼的にしか話したことがなかった。私はいつも日本の文壇では孤立を感じていた。

私は一九七五年からイェール大学で教えるようになり、その関係で、ポール・ド・マンやフレドリック・ジェイムソンと知り合うようになったが、私のやっていることは、彼らの間では「理論」として評価された。その意味で、むしろアメリカでのほうが、孤立感が少なかった。しかし、その一方で、私はやはり「文学批評」にこだわっていた。それはまた、日本の現実、日本の歴史にこだわることであった。しかし、「理論」と「文学」、あるいは「アメリカ」と「日本」がつながることは、ないままであった。

しかし、それらが急につながるような出来事があった。一九九〇年に、カリフォルニア大学アーヴァイン校で開かれた会議の際、大江氏と親しく話すようになったときである。彼は、私が想像していた人とはまるで違っていた。たとえば、彼は、私の『探究Ⅱ』を読んで詳細なノートをとったという。それを知って以後、私は、スピノザだろうとカントだろうと、何でも遠慮なく話すことにした。そんなことができる相手は、小説家だけでなく、文学批評家にもいない。また、大江氏がしばしば言及する、エドワード・サイードやマサオ・ミヨシは、私の親友でもあった。考えてみれば、大江氏以上に私のいる状況を理解できる人はいなかったし、おそらく、その逆もそうだと思う。

最後の対談は、大江氏がノーベル文学賞を受賞したあとに行われた。私がここで、彼の受賞講演「あいまいな日本の私」を話題にしたのは、それが世間でよく理解されていないと感じたからである。これが先にノーベル賞を受けた川端康成の受賞講演、「美しい日本の私」をもじったものであることは確かである。そして、それに対する批判的な意図をこめて語られたことも。しかし、その意味を把握することは容易ではない。川端が「美しい日本」といったのに対して、大江氏が「あいまいな日本」といったとき、何を意味していたのか。一口でいうと、それは、日本が「美しい日本」であると同時に、「美しくない日本」であるということ、そして、自分はそのいずれもふくむ日本にあることを認めることから始める、という意味である。

この講演がわかりにくいのは、「あいまいな」という言葉自体があいまいであるからだ。「あいまいな」は、英語でいうと、vagueという意味とambiguous（両義的）という意味になる。しかし、この二つを区別することは難しい。両義的とは二つの意味をもつという意味であるから、結局、あいまいという意味になる。だから、私はむしろ、ambiguousに対しては、ambivalent（両価的）という言葉を対置するほうがよいと思った。両価的は、両義的と似ているように見えるが、実は、反対語である。たとえば、両価的な判断においては、日本は美しいか、美しくないかのどちらかである。川端は「美しい日本」を選び、「美しくない日本」を排除する。したがって、彼の姿勢は「両価的」であって、「両義的」ではない。別の観点からいえば、「美しい日本」とは、倫理的・政治的な次元をカッコに入れることで成り立つ。しかし、それによって小説が存在するわけではない。逆に、それは小説の終りをもたらす。

それに対して、大江氏のいう「あいまいな日本の私」とは、「美しい日本」とともに「美しくない日本」を事実性として認める「両義的」な姿勢を意味する。これは大江氏のスタンスの表明であると同時に、いわば、「小説」の存在理由にかかわることだ。そのことは、この講演の最後に、彼の師であった、西洋ルネサンス文学と思想の研究者、渡辺一夫のユマニスムに立脚したいという言葉に示されている。「小説」は、ラブレーに代表されるような、ルネサンス文学に、いいかえれば、両義的なものをすべて包摂するような姿勢に始まるといってよい。日本でなら、夏目漱石や二葉亭四迷である。この対談をふりかえってつくづく思ったのは、大江氏が小説の終りを意識した最初の小説家だということである。その意味でなら、私は文学批評の終りを意識した最初の批評家なのかもしれない。

大江健三郎 柄谷行人 全対話

世界と日本と日本人

目次

装幀　菊地信義

世界と日本と日本人

大江健三郎　柄谷行人　全対話

中野重治のエチカ

一九九四年六月七日

ちょっとの違いへのこだわり

柄谷　僕が今日中野重治についての対談に呼び出されたのは、六年ほど前に中野重治論（「中野重治と転向」「中央公論　文芸特集」一九八八年冬季号）を書いたからだと思います。しかし、特に研究していたわけではないし、全体的に語るということはとうていできません。それで、以前に考えたことをあらためて述べるということから始めさせていただきます。

僕が注目したのは次のようなことでした。彼のエッセイの中に「ちょっとの違い、それが困る」があります。もっと若いころに書いた論文（「素樸ということ」一九二八年）にも、「大切なことならば誤解されてもかまわない」が「大切でないことは誤解

中野重治（一九〇二～七九）
福井県坂井郡高椋村（現・坂井市）出身の詩人、小説家、評論家、政治家。東京帝国大学独文科卒業。日本プロレタリア芸術連盟、ナップ、コップ等に参加。一九三一年、日本共産党入党、三二年に投獄、三四年に出所。戦後、四五年に日本共産党へ再入党、「新日本文学」の創刊に尽力する。荒正人、平野謙らと「政治と文学」論争を繰り広げる。四七年から五〇年まで参議院議員。六四年、理論的対立から日本共産党を除名。七九年、胆囊がんで逝去。享年七十七。作品に『中野重治詩集』（三五年）、『歌のわかれ』（四〇年）、『斎藤茂吉ノート』（四一年）、『むらぎも』（五四年）、『梨の花』（五九年）、『甲乙丙丁』（六九年）他多数がある。

されることを用心しなければならない」というようなことを書いています。これはだいたい同じようなことを言っていると思うのです。「大切なこと」というのは、いわば「大きな違い」です。大きな違いはだれでも気づく、けれども、小さい違いはそのままにされてしまう可能性がある。

しかし、小さな差異にこだわることは、よく実証的な研究者で細かくやる人がいますが、そういうのとは違って、彼はその「ちょっとの違い」にこそ本質的に重要なモーメントがあるんだということを直観していたのではないかと思うんです。大きな違いというのは、いわば対立です。しかし、対立しあうものは実は互いに類似している。彼が「ちょっとの違い」というのは、対立の中で見えなくなっている差異だと思うんです。

しかし、このような姿勢はいつも彼のいうことを不透明にしていたと思います。それは思考があいまいだからではなくて、対立よりも差異においてものを見る、そのことで対立そのものを解体してしまうということをやっていたからです。『村の家』の中に、「しかし彼は、何か感じた場合、それをそのものとして解かずに他のもので押し流すことは決してしまいと思った」という言葉がありますが、それも同じことを言っているように思います。彼が「押し流すことは決してしまい」とするのは、いわば「ちょっとの違い」です。たとえば、転向が「大きな違い」だとしたら、彼はそのことよりも「ちょっとの違い」に固執する。そのような主人公の姿は不透明だしよくわからない。そのために、さまざまな解釈を招いてきたわけですが、それは彼のすべての仕事に共通しているのではないか、そして、それは彼の一貫した姿勢ではないかと思うのです。

たとえば、現在中野重治の仕事をふりかえると、すぐに大きな間違いは見つかるんです。かつてのスターリンの評価などもそうですね。しかし、全部きっちり読んだわけじゃないですけれども、基本的に小さな違いは絶対にそのまま押し流さないという姿勢は貫かれている。たとえば、現在は、米ソ二元構造が崩壊して何もかも変わったように言われています。しかし、戦後にそのような対立構造が本当にあったのかどうかというと疑わしいし、したがってそれが崩壊して違った世界になったというのも疑わしい。そういう「大きな違い」ではなくて、むしろその中で隠されてきた「ちょっとの違い」が露出してきたのではないかと感じています。いま中野重治を読むと、それを強く感じるのです。

大江　今引かれた「ちょっとの違い、それが困る」、それに続いて、「続ちょっとの違い、それが困る」というエッセイがあります。『連続する問題』に入っている。僕が中野さんを同時代の先行するすぐれた作家として尊敬しはじめた頃に書かれた文章で、それが出た雑誌のこともよく覚えています。

『連続する問題』は『中野重治全集 第十五巻』（一九七七年十二月刊）に一九六二年～七五年の評論九十五篇を収めるに際し付けた題名。別の単行本に収められているエッセイもあるが、**「ちょっとの違い、それが困る」**（「群像」七一年四月号）、**「続ちょっとの違い、それが困る」**（「群像」七一年五月号）は単行本未収録。なお、『中野重治全集』には旧版（全十九巻、筑摩書房、五九～六三）、新版（全二十八巻、筑摩書房、七六～八〇）、新版を元にした定本版（全二十八巻・別巻一、筑摩書房、九六～九八）の三種類がある。

あの文章で、僕が思うことは、中野さんの思考法の根本にユーモアが常にあるということですね。そして中野さんのユーモアは小さなところに着眼するところから出発する、そして論理自体がユーモアとなる、ということです。

このエッセイでも、芥川龍之介がレーニンについて書いた仕事、もう一つは、高見順が『描写のうしろに寝てゐられない』というタイトルを作っていることに対して「読書新聞」に松本鶴雄が書いた文章、それにあわせて匿名の人が書いた文章、両方とも引用が違っているということから始まって、小さなことであるその引用の間違いが困るということをいう。そうしながら、彼はこういうことをいっているんです。

自分の細君と瓜ふたつの女がいるからといって、それを細君だといって連れてくる人間は間違っている（笑）。そこのところを正確に引用しますと、「それでも、瓜ふたつだからというので赤の他人を細君として引きだしてくる男がいるだろうか。万一いたとすれば、彼の愛が精神的にも肉体的にも疑われてくるだろう」という滑稽で真面目な論理化が始まる。

そういうのが中野さんのやり方で、独特な細部の観察から少しずつ論理を展開していく、作品を展開していく人ですね。そうやって、ついにはきわめて大きいものを組み立てていく。

僕ら、子供のころに、雑誌の付録の紙を切って飛行機なんかをつくった。やはり細部中心主義の僕は、一所懸命細部だけつないでいって、結局、胴体がゆがんだりしたものだった。それが、理科系の息子がやっているのを見ると、全体をうまくつかまえていて、細部に少しズレがあっても全体がうまくできるというつくり方をしています。中野さんも細部から組み立てていく。しかも、細部から連続して大きいところに向かっていく文章力、思考力を持っていた人、そういう文体を持っていた人だった。それが全体の仕上げでうまくゆかない場合と、うまくゆく場合があった。もちろん、後者が多かった。

あわせて彼の場合の根本問題は、一番大きいところの構想として、マルクス・レーニン主義者としての原則を持っているわけですね。そこのところに世界じゅうの秀れたマルクス・レーニン主義者の誰もが担わざるをえなかった大きいひずみもまたあったと思います。そのひずみの、いくらか卑近なレヴェルを書くことが、例えば『甲乙丙丁』という小説でした。

柄谷 今いわれた細部の問題は、昔から「神は細部に宿りたまう」という言い方があるけれども、それとは全く違ったものだと思います。

大江 そのとおり、全く違うことですね。

柄谷 ベンヤミンは、細部に全体が宿る、あるいは特殊なものが普遍性を表出するというような構えを、シンボルと呼んだわけですね。それに対してアレゴリーということを言いました。シンボルというのは、近代小説の構えですね。たとえば、私小説も私の個別性にこだわるわけですが、それが実は普遍性につながるという信念において成立しています。もう一つは、今いわれたマルクス・レーニン主義のように、全体性から見ていく発想も、そのことの裏返しだと思うのです。しかし、中野さんの場合の細部とか特殊は、普遍性を代表しているというわけではないですね。むしろ何かそこからずれていくことで、そういう特殊―普遍という構えをつきこわすという感じがあります。僕の考えでは、マルクスもそういうやり方なのです。

たとえば、細部といっても、病気の比喩で言うと、徴候のようなものですね。それは単に全体のなかの細部ではなくて、むしろ全体―細部そのものの狂いを示しているような細部です。その細部は、何か別のものを意味しているわけです。中野さんはそこをパッとつかんでしまう人ですね。普通に読むと難しいのです。みんなが慣れている全体とか、みんなが慣れている細部の、どちらでもない。だから、最初はたんに奇妙な細部へのこだわりのように見える。その意味で、僕は、彼の作品はアレゴリー的だと思います。だから、非常に不透明でありながら、きわめて喚起的なのです。

大江　最近、ベンヤミンの特集が「思想」(一九九四年六号)であって、アドルノとベンヤミンとの対立点と共通な部分ということを深く議論している論文がありました。僕は非常に教えられて読んだのです。そこに大切な課題として細部に関する議論も含まれていました。今あなたがおっしゃるとおりだと僕も思います。僕は小説家で、つまり細部の人間ですが、パノフスキー以来、あるいは林達夫以来の、「神は細部に宿りたまう」ということの再評価にしだいに疑問を持ってきました。あれは、「神は全体にある」、「神は全体である」という大きい構想のないところ、すなわち日本では、反動的なだけの役割を果たすと思いますね。

中野さんはその種の全体から眼をそむけた細部の人ではなかった。その上で、細部に対する着眼点の非常にしっかりした人だった。まずこういうことはいえると思うのです。僕たちが同時代の作家や詩人を読んでいても、若いときに熱中したほど余り熱中できない。その中でも、時々、これはおもしろいなと思う人というと、例えば武田泰淳さんの奥さんだったり、三十代の宇野浩二であったり、いわゆる文壇の主流からずれたようなところにいる人です。そうした作家、作品に敏感な若い人たちが最近もいて、こういう新しい読書家を非常によくとらえる文章がありますが、それは結局、おもしろい細部を発見している人の文章ということなのです。

作家自身、これはおもしろいということを発見してしっかり書くという態度を持っている観察家、思考家を、若い人たちがおもしろがっている。僕らもおもしろいと思う。武田百合子なら武田百合子はおもしろい。同じく、オーウェルのジャーナリズムの文章はおもしろい。でも日本では、これまで、それは一般にインテリの書き方ではなかった。ところが中野重治という人は、インテリだけれども、何がおもしろいかということを発見することから出発して文章を書きはじめる、おもしろい論理を発見して文章をつなぐ、詩を書く。評論も、長篇小説も、そういう書き方で構築する人でした。

こういう人の仕事は、全体としての整合性は危ういだろうと思うんです。批判しようと思えば、特に党派的な立場から批判しようと思えば易しいことで、中野さんは若いころから強敵に遭って、批判され続けてきた、ヴァルネラブルな人だったと思います。

いわゆる社会正義みたいなものを背後にした人が作家にも評論家にもいますけれども、そういう人は、批判するのがうまい。また、批判されないのがうまい。小林秀雄だって、弱点だらけでいながら、批判されないのがうまいといえる人だったと思います。ほかに芸術院会員でも有力者というような人たちは軒並みそうですが。

中野さんは批判に弱いところを持っている、ヴァルネラビリティのある文筆家です。よりによって、そういう人が政治的な行動をするのは非常につらかっただろうと思います。

もう一つ、小さなものから出発して展開していく人は地道に足を踏まえてやってゆく以上、自分は自分の狭い範囲で正しいんだという気持ちを持っている人が多い。例えば今いった武田百合子さんは、自分は正しいと思っていられたと思うな。ところが中野重治は、自分は正しくないかもしれないといつも思ってしまう人ですね。彼自身、自分は非常に軽率で、中途半端なことをやる人間だという思いがけないことを何度も何度も書いています。若い時、僕にはそれが不思議でしたが、いまになると本当にそう思っていられたんじゃないかという気がする。こういう人は、日本の指導的な文人には非常にまれだと思います。

断乎として進むペシミスト

大江　僕は、中野さんのそういう細部に引きつけられて、まず彼の詩集を読み、彼の小説を読んできたわけです。僕としてはこれまでの生のなかで、ある人の詩を十篇ほど諳誦（あんしょう）してしまった、という詩人が何人かいます。例えばブレイク、イェーツ、オーデン、それに三好達治とか、萩原朔太郎、そして中野重治です。そういう大切な詩人としてまずあり、それから、彼の小説の文章の細部が非常におもしろくなった。エッセイも一々おもしろかった。

中野さんの文章を読むと、たいてい一つはおかしくて笑うところがあります。もともと彼が書いた文章を子供のときに単にユーモラスということで、これはおもしろい、この人に会いたい、と思ったことがあるほどです。

例えば中野さんが、この前死んだ大山倍達（ますたつ）という人についてこういうことを書いている。大山倍達が沖縄で空手を使って牛を倒した。自分はそれに反対する。沖縄の牛こそ空手を習って、自分を守るべきだった（笑）。

柄谷　中野重治のユーモアということでは、僕は、『鈴木・都山・八十島』のような一見して深刻な小説でさえ、何となくおかしいんです。『村の家』でも『小説の書けぬ小説家』でもそうですね。なぜおかしいのかというと、自分にこだわっていながら、実はちっともこだわっていないところがあるからです。

僕はユーモアの対極としてイロニーがあると思います。それは自分にこだわらないという形で、最もこだわるものです。

日本浪曼派（ろうまんは）はイロニーを掲げたし、三島由紀夫はその死に方においてもイロニーの人でした。それはユーモアと対極です。しかし、ユーモアとイロニーはよく似ていますし、ある意味では、中野重治は極端な人だったと思うのです。それは、彼が夏目漱石の「暗さ」について指摘したことからもいえると思います。あの文章はすごいですね。今や誰でもいいますけど。

大江　個人的には、僕は中野さんとアジア・アフリカ作家会議の関係で一緒にいろん

『小説の書けぬ小説家』
「改造」一九三六年一月号掲載。転向して出所したもののなかなか小説が書けず、たまに書けば伏字ばかりになってしまう作家・高木高吉が主人公の短篇小説。あるときに高吉は、自身の書きかけの小説「がまぐちの一生」が「吾輩は猫である」の千倍も輝かしいものに見え、空想の中で漱石の愛読者たちに対し、「てめえたちはな、漱石の文学を読んだことなんざ一度だってねぇんだぞ。てめえたちにゃそもそも漱石なんか読めやしねぇんだ。漱石ってやつぁ暗いやつだったんだ。陰気で気違いみてぇに暗かったんだ。ほんとに気違いでもあったんだ。ところがあいつぁ、一方で、はらの底からの素町人だったんだ。あいつぁ一生逃げ通しに逃げたんだ。その罰があたって、とうとうてめえたちにとっつかまって道義の文士にされちまったんだ」と悪態をつく場面がある。

なことをしたし、渡辺一夫さんのことでもよく問いかけられました。渡辺一夫との往復書簡がありますね。往復書簡といっても、両者の手紙が同時に発表されたものですけれども、その中で、中野重治が渡辺さんに、私が自分はペシミストだといっても、あなたは笑わないだろうと思います、しかし、自分は断乎として進むペシミストでありたいと思う、というようなことをいう。私はペシミストだ、という言い方が自然に中野さんから出てきているんです。中野さんはそういう人でもあったろうと思います。さらにそこからこの人にとって自然な論理のつながりで、断乎たるペシミストということになっていく。そこにはユーモラスな点と、いくらか意図して展開をズラせたところもちょっとありますね。ともかくそういう細部から出発する点において、あらゆる中野さんの仕事が好きでした。

この一週間ほど、中野さんについての文献を出したりしまったりしていたら、手紙が出てきました。講談社の選書(「名著シリーズ」)で、中野さんの宮本百合子関係、小林多喜二関係の文章を集めた『小林多喜二と宮本百合子』という本が一冊出たのです。それに僕は解説を書きました。なぜ僕に解説を書けといってきたかというと、やはり日本共産党との関係だったと思うんです。宮本百合子に対する評価を中野さんがするということは、日本共産党の宮本顕治氏の体制からいえば、許すことができない時代に、そのとき、もうなっていたわけです。共産党の人は書かないし、そこに批判

アジア・アフリカ作家会議
Afro-Asian Writers' Association
アジア・アフリカ地域の文化交流と発展、反帝国主義、反植民地主義等で連帯を強めるために結成された作家による組織。インドのネルー首相らの呼びかけにより、一九五六年にニューデリーで第一回アジア作家会議が開かれ(日本代表団団長は堀田善衞)、五八年にタシケントで三十七ヵ国が参加して第一回アジア・アフリカ作家会議が開かれる(日本団団長は伊藤整)。また、七四年には日本アジア・アフリカ作家会議が結成された(呼びかけ人に中野重治、野間宏、堀田善衞、小田実、大江健三郎ら)。のちに野間宏(七一年)、堀田善衞(七八年)、立松和平(八五年)、小田実(八八年)が受賞した「ロータス賞」はこのアジア・アフリカ作家会議が主催する文学賞。

渡辺一夫との往復書簡
『渡辺一夫さんへ』
「展望」一九四九年三月号掲載。掲載時は『往復書簡』として渡辺一夫の手紙とともに両者各二通ずつが掲載された。旧版全集第十一巻に初収録。

的な人が書くとなおさら角がたつ。それで僕は、いわばノンポリという感じで採用されたのでしょう。

そのときに中野さんからもらった手紙が出てきたんです。昨日、読み返してみましたら、「片岡鉄兵によると」といって、片岡鉄兵という名前がするっと出てくるところに、中野さんの戦前と戦後の文学界でのつながりみたいなものがありますね。僕たちとちょっと違った、あの人はやはり文壇の人なんです。そして、「片岡鉄兵によると、人間は褒められることによって成長するといいますが、あなたに褒められてうれしい」というようなことが書いてありました(笑)。それはそれとして、力のこもった文章だったとも書いてあって、僕は感奮興起(かんぷんこうき)したものです(笑)。それを思い出しました。

「ねちねちした」闘争

大江　僕は、自分も小説家として生きる人間として、中野さんをずっと愛読してきました。その反面というか、それゆえにというか、中野さんの政治思想を大きくとらえるということにはあまり本気で努力しないできました。能力的にそれをすることができなかったのでもある。一方、中野さんをふくめて日本の左翼ということについて、大きい展望でそれをとらえる視点も、知的な腕力も持ってきた人として、柄谷さんがいられると思うんですが、そういうあなたから見て、六年前の中野観と現在の中野観はどのように違っているんだろうか、どのように同じなんだろうか。

なぜなら、この六年の間に、中野さんという建物の上にさらに建っていた政治的な大伽藍（だいがらん）が壊れてしまったわけですから。そういうときにどうだったかということを、まず聞きたいのです。

柄谷　この六年間ではべつに変わっていませんが、それ以前はどう思っていたかというと、中野重治の政治思想というようなことにほとんど興味を持ったことはなかったですね。むしろ『梨の花』とかああいうのは愛読していましたが。

突然関心をもったのは一九八七年ぐらいですか。その翌々年にベルリンの壁が壊れ、九一年にはソ連邦が崩壊しました。しかし、僕自身はもっと前にそういう予感を持っていたと思うんです。現実に崩壊するかどうかは別として、とうに頭の中では崩壊していたわけですから。たとえば、『甲乙丙丁』のような作品でも、僕は読めませんでした。共産党は今も残っていますが、別にそのことにこだわることに意味があるとは思えなかったからです。

ところが、一九三〇年代のことを考えているうちに、僕は中野重治が戦前も同じよ

『梨の花』
「新潮」一九五七年一月号～五八年十二月号連載の長篇小説。福井県の農村を舞台に、朝鮮へ行っている両親と離れ、祖父母と暮らす少年・良平が主人公。中野自身の幼少年期を反映させた自伝的小説。読売文学賞受賞。

『甲乙丙丁』
「群像」一九六五年一月号～六九年九月号連載の長篇小説。中野が六四年に日本共産党を除名された事実を背景に、自身の分身である津田貞一（日本統計資料社員、日本共産党員）と田村榊（党中央委員、元参議院議員、作家）を主人公に据え、三〇年前後から六〇年安保後の、そして六九年現在の中野の日本共産党等の関係を痛烈な自己告発を含めて粘り強く検証した大作。野間文芸賞受賞。

うなことをやっていたのではないかとふと思い当たったのです。戦前、彼は『歌のわかれ』やその他の評論を書いていましたが、これまで僕はそれらを戦後の視点から読んでいたのではないかと思うのです。つまり、彼が将来に何の展望もないような地点で書いていたということを考えたことがなかった。実は、あの時点で、彼にとって、大江さんの言われる「大伽藍」はすでに壊れていたはずです。共産主義運動は壊滅していたのですから。だから、彼は誰に向かって書いているのかもわからなかったでしょう。にもかかわらず、中野重治は書いた。

『甲乙丙丁』にしても、もう誰も共産党に期待も幻滅もしないような時点で書かれています。誰に向かって書いているのか、何の意味があるのかもわからない。しかし、実は戦前もそうだったのではないかと思ったのです。僕の定義では、転向とは、別のあるいは反対の「意味」にたどり着くことです。そうすると、中野重治の姿勢があらためて新鮮に見えてきたのです。積極的なニヒリズムといってもいいかも知れません。

大江　僕にとっては、戦前でいえば、彼らの党派と、やはり左翼的な党派だけれども別の党派との論争などは理解するのが難しいんです。それは非常に政治的で、党派的です。非常にわかりにくいし、こんなことを今読み返しても意味がないという気がします。しかし、その時代にはじつに大切なものだったろう。中野さんの言い方になら

『歌のわかれ』「革新」一九三九年四月号、五月号、七月号、八月号に掲載された「鑿」「手」「歌のわかれ」の三篇からなる連作的中篇小説。自身の旧制四高時代から大学入学頃までを反映した自伝的小説。感受性の強い主人公・片口安吉の鬱屈した青春を描く。終盤、中途半端な歌を褒める社交的な歌会で最高点を取ってしまったことで「短歌的なもの」と訣別する決意をし、「兇暴なもの」へと向かう未来を暗示して終わる。

えば、そのような論文を必要とする事態がなくなったので、いまは意味なく感じられるのだろう。

　実際、同時代人にはどうとられていたかというと、当時の言葉でいえば、ボルシェビキの中野さんと対立していた一つは、アナーキスト・グループですね。ところが、全集の月報に出ている岡本潤というアナーキストの文章によると、自分たちアナーキストにとって、相手の品性とか人間的な見事さということで、本当に好きで、よく理解できたのは中野重治だったということです。

　あの人には、そういうところがあるわけです。細部において、自分の敵にも理解してもらえるような。それは論争をする場合、やっぱり弱点でしょうね。政治党派の人間とすれば弱点であるだろうと思いますが、そういうこともありながら、中野重治という人間の全体を壊されること、あるいは壊すことなしにやってこられた。

　政治的なもので、戦後でいえば、柄谷さんのいわれた『甲乙丙丁』、その書き出しなんか、本当に見事だと思いますが、例えば僕の同年配で、感じ方が自分と似ていると思う人たちでいっても、柴田翔は『甲乙丙丁』を認めないようです。なぜかというと、柴田翔という人が政治的な人、政治党派的な考え方もなし得る訓練を経た人だからじゃないかと思う。僕はそうじゃない。ですから、おおいに政治的な『甲乙丙丁』もそうでない細部から入っていって好きになるんですね。

岡本潤
新版全集第十五巻月報に収録。
「中野重治は端正で風格のある酒呑みだと思う。……早すぎも遅すぎもしない適度な手酌で、悠然と酒盃を口もとまで運んでいるんだ。あの姿はりっぱだ。あのままで十分に詩になり絵になるよ。
　ぼくなどは喧嘩っ早くて、詩界でも暴れん坊で通っていたから、酒にまつわる失敗譚は数えあげればキリがない。その崩れ酔いの見本みたいに無頼なぼくが、中野が相手だと、いつのまにか中野の端正な手酌にペースを合わせているんだ。シャクだけれども、いつでもそうなってしまう。考えてみれば、これはおかしいんだな。ぼくは気質的なアナーキストで、中野はボルシェヴィーキの道ひとすじの人間なんだ。アナとボルは昔から仲が悪かったから、酒でも呑んだら議論が丁々発止と衝突して、胸ぐらでもつかみかねないのが普通だよ」

こうした読み方をしながら、僕の漠然と感じてきたことは、柄谷さんこそ、政治的なとらえ方でがっちりと中野重治をとらえ、かつ批判しうる人だろうということでした。

柄谷　しかし、僕はそういう人間ではないですね。小説家とは違った意味で「細部」にこだわるタイプでして、マルクスに関してもそうですね。マルクス主義という体系全体には関心がないのです。さっき「転向」といいましたが、たとえば、マルクス主義という体系全体を信じていてそれを放棄するなら転向でしょうが、そうでない人間に転向があり得るだろうかと思うのです。中野重治には、その意味での転向ということはあり得ないだろうと思います。

しかし、戦前の彼の小説は「転向文学」と呼ばれています。「転向五部作」などとも呼ばれています。ただ、最近考えているのですが、「転向文学」というのは奇妙なものですね。それは、中野重治の言葉でいいますと、転向したのかしないのかがわからない文学のことです。もう少し時代が進みますと、明瞭に転向した、例えば「生産文学」のように、国民総動員あるいは産業報国会に対応するような作品が書かれる。これはプロレタリア文学をやっていた人からすれば主題が変わっただけですね。その段階ではじめて転向だといえると思います。

しかし、中野重治の『村の家』とか『鈴木・都山・八十島』のような作品は、まさ

「転向五部作」
『第一章』(「中央公論」一九三五年一月号)、『鈴木・都山・八十島』『村の家』『一つの小さい記録』(「中央公論」三六年一月号)、『小説の書けぬ小説家』。いずれも三四年の中野重治出所後に書かれ、三五〜三六年に雑誌に発表された短篇小説。

に転向したのかしないのかわからないような作品です。僕が考えるのは、なぜこのような作品が発表され得たかということです。彼がなぜこのような作品を書いたかということは、この客観的条件と切り離せないと思うのです。

僕は戦後しか知りませんから、かつて戦前に関してある通念をもっていました。それは、例えば転向はもっぱら国家権力の強制によってなされたというものです。あるいは、戦前には言論の自由がなくて何もできなかったというようなものです。しかし、もちろん中野重治はそのときは知らなかっただろうけれども、ソ連では、獄中非転向なんてあり得ないわけです。たとえば、検事調書をめぐって戦略的に闘争するなんてことはあり得ない。ナチズムにおいてもあり得ない。ところが、戦前の日本帝国は、少なくとも帝国憲法による法治国家の格好をとり続けた。それなしに、あのような「転向文学」はあり得ないと思うんです。

『村の家』を昔、何遍読んでもよくわからなかったことがありました。一つは、政治活動を放棄すると言うことが転向だということです。もう一つは、『村の家』では、主人公が共産党員であることを認めることが転向を意味するらしいことです。これは奇妙な話です。しかし、よくわからなかったのは、戦前は治安維持法などで権力は何でもできたという通念をもっていたからです。例えば小林多喜二は殺されたけれども、警察は後で非常に反省したらしいですね。ああいうふうにやってはいけない、

『村の家』
「経済往来」（一九三五年五月号）掲載。二度目の逮捕での投獄中、病気と発狂への怯えや転向との葛藤の末、「政治活動をせぬという上申書」を書き、執行猶予で故郷へ戻った作家の勉次は、ある晩父からしばらく筆を断って農業をしろ、との説得に、「よくわかりますが、やはり書いて行きたいと思います」と応える。

と。それ以降は、拷問は逮捕したあと一日ぐらいになった。拷問はアジトを自白させるためであって、それ以後にやっても意味がないからです。

しかし、日本では弾圧がなぜこういう形をとったのか。一つは、それは彼らが共産主義者を「転向」させようとしたからです。昭和初期に支配層が一番憂えたことは、例えば東大法学部から新人会が始まっていますが、ここにいたのは日本の官僚の後継者の一番中枢部分ですね。だから、このような連中をたんに弾圧してはいけない、彼らを支配層に取り返さないといけない。したがって、温情的にやって、彼らを改心させなければいけない。それはドイツとかほかの国で起こった弾圧とは決定的に意味が違うと思うんです。転向は誘惑なのです。

もう一つは、先ほどいったように、戦前の政治体制は法治国家の体裁を維持したことです。しかし、左翼は、ファシストもそうですが、こういう法制度はブルジョア的な幻想にすぎないと考える。ドイツやソ連では、そのような連中が権力を握っているから、当然、めんどうな裁判手続きなどやらない。今の新左翼もそうです。ついこの前も、どこかの家を焼いたあと、我々がやったという声明を出しています。彼らはブルジョア法など幾ら破ってもいいと考えている。しかし、そういう彼らが逮捕されないのは、そのブルジョア的法律に守られているからですね。

中野重治の「転向文学」は、この二つの要素によって可能であったとともに、まさ

新人会
一九一八年（大正七年）に東京帝国大学にできた社会運動団体。吉野作造、渡辺政之輔らの賛同を得て赤松克麿らによって結成された。もともとは法学部生の思想研究グループだったが、他学部へも広がっていった。二一年までを前期新人会と呼び、中野重治は二五年に新人会（すなわち後期新人会、二九年までを後期新人会）へ入会した。中野は新人会について、随筆や短篇のほかに、自伝的長篇小説『むらぎも』（五四年）でも詳述している。

にこの二つの要素と格闘したのだと思います。たとえば、『鈴木・都山・八十島』などでは、法律のなかでぎりぎりの、中野的表現で言えば、「ねちねちした」闘争をしている。どんなにひどい法律であろうと、それは無法とは違うからです。戦後、大西巨人が『神聖喜劇』を書きました。ここで主人公は法律的な闘争をやるわけです。大西さんは、軍隊は「真空地帯」だという「俗情」を批判して、この長い小説で自らそれを示したわけですが、僕は、これは彼が中野重治から学んだことではないかと思います。

大江　『村の家』に法律の部分が出てきます。彼は保釈してくれということをいうわけですね。彼は自分が梅毒に罹（かか）っているかもしれないと思っている。現に発熱もしている。それをこのまま治療しないでおけばどうなるかということが一番根本的な、肉体的な懸念です。つまり、『村の家』の中野重治にとっての肉体的拷問は、梅毒という形をとってあらわれてくるわけですが、それに苦しんだあげく、彼は保釈願を出す。そうすれば、結果的に転向ということになります。

　しかし、法律の側面でいえばどうか。彼がある政治党派に属していて、活動をしていたということは、ほかの人の証言によって明らかになっているわけで、彼がそれを認めるか認めないかということは、法律的にいえばすでに問題でないわけです。それが第一。

『鈴木・都山・八十島』「文藝」（一九三五年四月号）掲載。自作の詩や短歌を書いて批評を請いに来る看守たちの求めに応じたり、一週間遅れで到着する週刊新聞を読んで獄中の慰めとしていた田原は、ある日、八十島という予審判事と対峙する。そこで「党組織に入っていたか」「嘘をついているか否か」等々、お互いに感情を押し隠し、相手の腹を探りつつ、ねちねちした押し問答を繰り広げていく。

第二に、これから自分が政治活動をするかしないかといっても、もう日本共産党は解体しているわけですから、今までどおりの政治活動ができるのではない。

そういうわけで、官憲、政府の側、権力の側が転向ということをどう考えているか、自分がどう考えているかということを突き合わせてみるのが、中野さんにとっての法律的な側面で、弁護士との話し合いがこれに向けて行われるわけですね。それが片方にある。

もう一方に、彼の心の中で持っているある種の理念として、人間の心情としての転向に対する考え方がある。彼は「ヘラスの鶯」ということをいいますが、自分の心の中に信じたものをいつまでも持ち続ける態度への思いがある。法律とかいうことと関係なしに、ある心情としての転向に対する考え方、それに対するいろんな批判も、それに対する尊敬の念も、あなたが今おっしゃったようなことも含めてたくさん出てきたわけです。

『村の家』では、やはり法律というものを飛び越えて、心情としての転向あるいは非転向につながるものとして、お父さんの考え方があるわけですね。自分は息子の考え方と反対だ、例えばレーニンと天皇というと、天皇の方が人間をつかまえると思う。すなわち、レーニンというようなことをいっている息子は甘いけれども、転向はしないでもらいたい、なぜなら彼は物を書いてきた人間だから、というお父さんの心情が

【ヘラスの鶯】
「『失わなかったぞ、失わなかったぞ！』と咽喉声でいってお菜をむしゃむしゃと食った。（中略）それまで物理的に不可能に思われていた『転向しようか。しよう……？』という考えがいま消えたのだった。（中略）どうしてそれが消えたのか彼は知らなかった。突然唾が出てきて、ぽたぽた涙を落しながらがつがつ噛んだ。『命のまたけむ人は……うづにさせその子』――おれもヘラスの鶯として死ねる――彼はうれし涙が出てきた」

ある。

　そのように『村の家』は進んでいって、結局、この小説で浮かび上がってくる転向とはどういうことかというと、自分は、一つ法律的なある決断をして、獄から出てきた。それを転向と呼んでもいい、ということがまずある。それを僕は、ずっと前から転向と見なさないわけです。中野重治自身も転向と考えていなかったと思います。現にその前後で、自分がずっとつながっている。いわゆる転向前と現在の自分はつながっていて、そのまま獄中から出て村の家に帰ってきて、翻訳の仕事をしている。今後も今とつないで仕事をしていこう、文章を書いていこうというふうに、彼の中では細部が連続してつながっているわけです。

　それを苦しいなかで彼がどのようにつないでいったかということを見て、僕は、中野重治という人を一人の文学者として尊敬すべき人と考えます。

『村の家』と同時期に彼が書いたエッセイ、貴司山治に対する批判も含めた文章について、僕は以前に書いたことがありますが、法律の側あるいは権力の側からの見方はどうであるにしても、自分自身の問題として彼はつながっている。それが戦後につながってもいる、と僕は思っています。

　一方、転向すると今度は権力側に対して非常に協力的な態度に出る作家たちがいたわけですね。実例を挙げれば、ごく最近、北海道の高等学校の先生が出された島木健作論(北村巌『島木健作論』近代文藝社)があります。それに、日満文芸協会設立の準備のため満州へ出かける途中、国策の推進者となった島木が四国の香川に立ち寄って、そこへかつての農民運動仲間の夫婦が会いに来て、島木健作に失望するというところが書かれています。

その夫婦も形式上は転向というか、捕まってひどい目に遭ってそうしないではいられなかった人たちでしょう。しかし、夫婦で連続して生きていこうとしている。島木の場合はジャンプしようとしているわけです。そういう点でいえば、中野重治はジャンプしなかったと僕は思います。

ひとつは連続性の問題、ふたつ目はジャンプの問題、そして三番目は転向そのものの問題。僕は戦後の人間で、しかも、党派と関係のない人間ですから現実問題としての経験はないのですが、原理的には、転向ということは正しいと考えているんです。転向ということを回心、コンバージョンとする見方をとれば、例えばアウグスチヌスの回心は、人間の精神の問題で一番根本的なものを提出していて、彼が回心しようか回心すまいか、回心できるか回心できないかと考える心の動きは、中野さんの転向についての考え方と似ています。

ある地点から一つ踏み切る、そして踏み切るときも連続性があって、踏み切った後、自分のやり方でさらに連続していくという点では、僕はむしろ中野さんのいわゆる転向は、アウグスチヌスの回心のような、自分の精神の進展の仕方の一つの形式だったというように思っています。

柄谷 今いわれたような「転向」は、中野重治自身が書いていますけれども、マルクス主義への転向が、昭和初期に使われた「転向」という言葉の意味だったわけですね。

大江 日本においてですね。

柄谷 ええ。それは福本和夫と関係があるのですが、大正期までは階級は経済的な問題として考えられていました。福本は結局ルカーチですから、それを「階級意識」の問題としてとらえなおした。経済的な見方からもっと主体的な哲学的な問題として見たわけですね。そこで、マルクス主義への「転向」という言葉が出てきたわけです。

しかし、転向に関して、中野重治がそういうことを言ったのは、むしろ自分にとって転向は二度目だということではないかと思うのです。たとえば、キリスト教徒は一度回心すれば永遠にキリスト教徒なのか。そんなことはないわけです。何度も試されるし、キルケゴール的に言えば信仰は「反復」ですね。その意味で、中野における「転向」は、マルクス主義への転向しかないと僕は思っているのです。新たなレヴェルでそれを反復している。そういうものだと思うのです。

柄谷　ただ、さっき法律イコール権力といわれましたけれども、僕はそこはちょっと区別しないといけないと思うんです。つまり、近代の法律は、ブルジョアの階級闘争として、従来の権力への制限として出てきたものでもあります。例えば、裁判をやらない限り処罰されないということ自体、権力への制限です。中野重治はそういう「ちょっとの違い」をけっして無視しなかった。そういうことにこだわることが非文学的だとも思わなかった人ですね。

日本浪曼派についてこういうことを書いています。《日本文学の流れが多かれ少なかれ「近代主義」的だったとしても、ここでの「近代主義」はブルジョア・デモクラシーへの日本人民の要求のある反映でもあった。この「近代主義」へのアンチテーゼが、『日本浪漫派』的・復古的民族主義として出てきたことは、ブルジョア・デモクラシーの実現の上に実現されるべきものを、ブルジョア・デモクラシーそのものの絶滅の上に求めたことで反動的であった》（「第二『文学界』・『日本浪漫派』などについて」一九五二年）。たぶん、これは当時の左翼自体にもあてはまるはずです。

中野重治が『レーニン素人の読み方』で書いているのは、レーニンらの党が、非合法時代に党会議の議事録を全部残していることですね。どんな議論や論争が行われたか、全部残している。我々の会議は公開的でなければならない、それも現在のみならず、将来において公開されなければならないのだ、というのがレーニンの考えだった。中野重治はそれに感銘を受けているのですが、こういう精神はカントの『啓蒙とは何か』と同じで、ブルジョア革命のエッセンスを継承していると思うんですね。中野重治もそれをずっと持っていた人だと思うんです。

中野重治は出獄した後に、『鈴木・都山・八十島』などを書いている。それは判事との「ねちねちした」言論論争であって、残酷な拷問でも勇敢な抵抗でもない。それに対して、例えば、『村の家』の父親は、お上に逆らったのなら、小塚原(こづかっぱら)で骨になって帰ってくるのが当たり前なんだという考えでしょう。僕は、これはさっきいった通念(俗情)だと思うんですよ。しかし、『鈴木・都山・八十島』はそういう通念を破っている。ちっとも潔くない。『村の家』の主人公がいう「罠」は、そういう潔さにもあると思うのです。

さっき言いかけたのですが、戦前の日本の転向には強制と同時に「誘惑」という要素がある。これは現在までずっと続いていると思うんですが、若いころは破壊的で反社会的であったほうがいいという考え方が日本の支配層にあります。『ベルツの日記』か何かに、明治初期の日本の書生がものすごく暴れる、こんなものはヨーロッパで見たことがないと書いてあったのを覚えています。しかも、それを支配層は喜んでいるんですね。もちろん弾圧しますけれども、若いやつはこれぐらいでなければダメだと思っている。そもそも明治の支配層はもともとそういう連中だったから、凡庸な秀才官僚より暴れるぐらいの連中のほうがかえって頼もしい。

　現在の支配層には、元左翼の人間が多数います。むしろ若いころむちゃくちゃにやってきたやつでなければ、後継者になれないというような伝統があると思います。それは、今までの自民党でも、今の新生党でもそうです。だから、安保ブントも、全共闘もそこに吸収される装置になっているわけです。これが日本的な転向の装置だと思うんです。若いときは勇ましく反逆的でなければならない。ただ、その場合、あくまで潔くなければならない。そのときに法律的にねちねちやるのはいやらしい。僕は、このような転向は日本では永続する形態だという感じがするんです。中野重治はこの種の「罠」に抵抗したと思います。

大江　その点を具体的に考えようとすれば、『村の家』に鮮明にあらわれています。僕の言葉として柄谷さんが要約されて、法律イコール権力と考えることは間違っているといわれた。それはそのとおりです。

　僕の考えでは、まず中野重治と大日本帝国との関係があります。国家は弁護士によって媒介されて、問題として突きつけられているわけですね。それについて、中野重治は、むしろ法律を手がかりとして闘争したといってもいい、それを踏まえた国家との論理的な関係づくりといってもいい、そういうことを非常によくやった。結局、自分が一番正しいと考える方法で、獄から出ることになるわけですね。それを片方から転向と呼ばれることはもちろんあります。それがまず第一段階です。

僕がこの点にちょっとこだわりたいのは、そこまでは法律なんです。ですから、あなたがおっしゃったようなブルジョア、市民社会の法律が市民を守っている場合の例の一つに挙げてもいいものですね。

日本の場合は、それに二つのものが加わってきます。一つは、特に地方の場合、家族制度が加わり、あわせて天皇制の国家観が加わります。

そうすると、一つの縦の軸のなかで、僕たちが理性的に計算できる、目の前に見える法律によってとらえることのできる部分は、確かに市民社会の民主主義といってもいい、大正デモクラシーといってもいいような人間対人間、人間と法律との関係、取り締まる側と取り締まられる側の関係としてあるわけですが、その下には家族というものがくっついていて、お母さんが苦しむ、お父さんが肩身が狭いということがある。さらにその上の方へ行くと天皇制があって、天皇という大きい、非論理的な、非民主社会的なものへつながっているわけですね。

そこで、中野重治は、自分が法律的な手続きをして出てきたいわゆる転向が、下方では親の問題、上方では天皇の問題の縦軸に取り込まれてしまうことを罠であると考える。その罠に入るまいと決心しているわけですね。そのために、「もう文章を書くな」とお父さんがいうことに対して、人間としてお父さんが正しいと思うんだけれども、今自分は縦の軸を見通すなかで、その縦の軸の上方からのものに押しつぶされることはやめようと思って、「よくわかりますが、やはり書いて行きたいと思います」と言うわけですね。

そのことを「彼は、何か感じた場合、それをそのものとして解かずに他のもので押し流すことは決してしてしまいと思った」。

それはすなわちあなたのいわれる、小さな違いが大切だという考え方なんですが、そういうと、「そうかい……」とお父さんが非常に侮蔑した調子でいう。それに対して勉次＝中野さんは、自分の考えは正しいと思う。しかし、それからがまた本当に中野重治的で、自分の論理の正しさというものにすがっていこうとする自分は、私利私欲の人間だと思うんですね。自分はそれによってお父さんを踏みつけにしている。ほかの家族も踏みつけにしているかもしれないと思う。そして、「静かな愛想づかしが自分のなかに流れてきた」といって小説が終わりの方へ行く。実に徹底的によくできている、美しい作品です。

そういうわけで、まず、市民社会がつくった法律の、権力にとって両刃(もろは)の剣(つるぎ)であるようなもの、権力の力を制限し得るものとしての法律ということは確かにあるわけで、それが戦前の日本に生きていなかったという考えに僕も反対します。

二番目に、ところが、その法律が日本の家族制度と日本の天皇制社会の縦の軸を構成すると、民主主義的とは逆の大きい力を発揮する。それは当時のキリスト教に対する迫害、圧迫というものと照らし合わせて見ることができます。

第三に、中野という人は、そういうところでやはり書き続けなければならない、そして、始まったものを続けなきゃいけないと考えていた。その点が中野重治という人に対する転向あるいは非転向、いろんな評価がありますが、それをすべて貫いて非常に重要な問題です。

このように考え進めてみると、やはり江藤淳がしたような中野重治に対する批判あるいは批判的な弁護は、原理的にも具体的な細部においても当たっていないことが明瞭になると思います。それは『村の家』を意識的に誤読したものだった、と思います。

「新潮」一九八五年一月号から八九年五月号まで、不定期連載された**『昭和の文人』**で、江藤淳は平野謙、中野重治、堀辰雄について十五回にわたり論じているが、とくに多くを中野重治論に割いている。同連載がまとまった単行本『昭和の文人』(新潮社、八九年七月刊)のあとがきの中で、江藤淳は、「私はこの仕事によって、ほとんど中野重治という文人を再発見したといってもよい。彼は若年の頃の詩に詠じた**『豪傑』**にこそならなかったが、終生廉恥を重んじ、慟哭を忘れることがなかった。そのような中野重治の文業に対して、私はほとんど自ら慟哭を禁じ得ぬ想いであった」と記している。

連続性において考える

柄谷　江藤さんは『五勺の酒』もあえて誤読していると思いますけれどもね。彼はそこに中野が本当に転向したことを読みとって感動しているのですが、僕は中野重治が転向したとまったく思いません。『五勺の酒』では、語り手の校長は、「天皇その人の人間的救済」、あるいは「天皇の天皇制からの解放」という言葉をいっているわけですね。戦後になると、みんな天皇をバカにする。ボロクソにいう。そういうことが少しも天皇制からの解放にならないということをいっているわけです。これを中野重治自身の言葉としても別に転向にはならないと思います。「天皇の天皇制からの解放」というのは、いいかえれば天皇制の廃止なのですから。しかし、ギロチンにかけろとかいうようなことではない。

中野重治の言葉で言えば、戦後日本に唯一「身分」がある。それは天皇です。要するに、彼は国民ではないわけです。いってみれば、基本的人権はない。そういう天皇をあがめているが、そのこと自体バカにしていることです。今も基本的に同じですが、そのようなことをしている日本人が「解放」されているわけがない。そういうこ

『五勺の酒』
「展望」一九四七年一月号掲載。憲法特配の酒五勺を飲んだ中学校の校長が、共産党の友人に宛てた手紙。そこには戦後の世情、天皇、憲法、共産党などへの複雑な思いが綴られる。

とを言っているのだと思います。

大江　そのとおりだと思います。

柄谷　戦前のコミンテルンの天皇観は、ロシア帝国のツアーと同一視しています。それはまったくおかしい。たとえば、大正末期には、普通選挙が実現され、また天皇機関説が定着していました。もちろん、明治憲法をどう読んでも、それ自体からは、そのようなものは出てこない。法というのは、その解釈をふくめて機能しているわけです。しかし、それがいつもあいまいなままでした。戦前の天皇は、一方で神格化されていますが、他方で立憲君主制に拘束されていました。このあいまいさに、天皇制ファシズムの特徴があると思います。

そうしますと、昭和の初期の運動において、別のやり方は幾らでもあったと思います。僕は中野重治は、コミンテルンの天皇制打倒を第一義に置く方針に反対だったと考えています。それから、戦後の「解放」は自分たちの力で実現したものではないという思いもあったでしょう。戦後の情勢において天皇をバカにするという風潮があったとして、それは自分たち自身をバカにしていることではないのか、という気持ちがあったと思います。

大江　江藤さんの意見は事実として間違っていますが、この場合、僕は、柄谷さんの考え方にも誤解を招くところがあると思います。それはどういう点か。まず第一に言いたいことは、『五勺の酒』という小説は、特殊なでき方でできている作品で、作家の友人の校長が酒を飲みながら話すというモティヴェイションですね。しかも小説において明らかに示されていることは、これは続篇が必要で、『五勺の酒第二』というものが書かれなければ完結しないということです。そのことについては、中野重治自身、別に書いていたとも思います。

その完結しない前半において、まずあなたがおっしゃったように、ツアーでない、一個の人間でもある、それでいて憲法によって非人間なところに押しやられてしまっている天皇の、戦後における窮状に対する同情が書かれている。それに対する民衆の軽蔑と嘲笑に対する批判が書かれている。それはあくまでも一人の校長の意見として書かれているわけですね。

それがそのまま中野重治の感じ方、意見であるというようには、もちろん小説の上で読み取ることはできないし、実際に中野さんはそう考えていなかった。それは同時期のエッセイにあきらかです。そこで、もう一つ、しかし、君はそういうが、天皇はツアー的な役割を果たしたじゃないか、今天皇があるゆえにさらに非人間的な扱いを受けざるを得ない国民もあるじゃないか、むしろ天皇を笑っている連中が一番ひどい目にも遭っているじゃないかということを、第二部で彼は書くはずだっただろうと僕は思います。それを政治活動やらなにやらにまぎれて書かずに終る、というのも中野

新版全集第三巻（一九七七年）の「著者うしろ書――戦後最初の奇妙な十年間」に、
「『五勺の酒』、これは、作者としていえば前半分だけ発表されたものである。一人の中学校長から手紙が来た。友人の共産党員がそれを受けた。そして返事を書く。往復あわせてが『五勺の酒』だった。返事の分が書かれずじまいのまま今日にきたのである。いまになお、いまになっていっそう切に、それの書きたい瞬間が瞬間的にある」
とある。

さんらしいとは思いますがね。

きょう、「群像」の七月号（一九九四年）を読んでいたら、加賀乙彦さんが、八月十五日のうちに自決してしまった阿南陸相のことを書いています。その中で、将軍と天皇とが話す。天皇が涙を流して、「我慢してくれ」と陸相に言ったということが書かれていて、加賀さんはかなり感情移入していられるようです。

そういうレヴェルの、天皇はツアーでなく人間であり、人間としての苦しみがあるという感じ方は、戦争直後こそ、かなり広くあっただろうと思います。それを中野さんはすくい上げていると思います。しかし、必ずしもそれが中野さんの感情とそのままべったりであったかというと、そうじゃないということなんです。

柄谷　もちろん僕はそういうつもりで言ったわけではないんです。かりに中野自身の発言として見ても、別に天皇主義にはならないと言いたかっただけです。

中野重治は、さっき引用したエッセイで、こうも書いています。《明治以来の、あらゆる「ブルジョア的」「小ブルジョア的」文学と文学者と文学運動とにたいする積極的（歴史的）評価の欠けていたこと、ここに民族問題の提起を民族主義・帝国主義的排外主義に行かせた歴史・社会的原因があった。岡倉天心にたいする抹殺でないところの厳密な評価、内村鑑三にたいする同じもの等々が、プロレタリア文学の側に十分に用意されなかったところに同じ原因があった》（「第二『文学界』・『日本浪漫派』などについて」)。

『五勺の酒』には、こういう視点がすべて出ていると思います。今引用したエッセイは、一九五二年に書かれていますが、たぶん彼は戦前からずっとそういうことを考えてきたと思うのです。僕は、明治以後の天皇制に関しても、「抹殺でないところの厳密な評価」が必要だと思っています。というのも、それを打倒するとか勇ましく言っていた人こそが、その反対の極に転向したからです。

僕は、中野重治はそういう両極ではないところにとどまった人だと思います。それは、最初の言葉で言えば、大きな違いではなく、「ちょっとの違い」にこだわったということだと思うのです。その意味では、中野重治は転向したのかしていないのかわからないように見えます。そこで、江藤淳のような見方が出てくる余地もある。しかし、このような立場にとどまるということは、大変な知性と勇気が要ると思うんですね。なぜかというと、両方から誤解されますから。両方からやっつけられる。さきほど大江さんが中野さんはヴァルネラブルだと言われたのは、そういうことだと思うのです。それに対して、両極の人たちは明快です。しかし、そこに困難に向かう知性はない。

大江　そうですね。中野さんの言葉によれば、連続性において考える。問題がいくつもあって、つねに「この項つづく」となる、というエッセイがありますが、いつでもこの項は続くんだと考えている。これは本当にあの人の基本のスタイルですね。

柄谷　ええ。「連続する問題」という言い方は、今、とてもよくわかりますね。それに関連して、中野重治のいう「罠」につけ加えておくことがあります。昔、「思想の科学」がやった『転向』という三巻本がありましたね。その中に書かれていたのは、権力が使った戦術が親、特に母親を持ってくることでした。そのことで多くの左翼が転向したわけです。例えば、最近死んだ田中清玄の場合は、お母さんが自殺したために転向した。それは極端な例ですけど、多くの左翼が田舎の父親や母親に対面することによって転向した。それは観念的な左翼が現実の生活基盤に直面することではありますが、同時にそこに罠があると思うんです。中野重治が書いている「罠」とはちょっと違いますけれども。

大江　大体同じじゃないですか。

柄谷　それは警察側、検事側の戦術であって、非常に効果があった。『村の家』では、父親だけでなく、ものをいわない母親も描かれています。そういう存在に直面して、主人公は自分の観念的なマルクス主義が根本的に問われていると感じる。しかし、同時に、それは罠なのです。潔さも罠だし、愛も罠です。というのは、この日本社会のイデオロギー装置は、何よりもそこにあるからです。あからさまな権力装置よりも、家とか村とかいった私的な領域にこそそれが働いている。

『共同研究　転向』（思想の科学研究会編）一九五四年十月、鶴見俊輔らが中心となり東京で発足した転向研究会が母体となり、何度かメンバーが入れ替わりながらも毎月会合を積み重ね、その成果を上（戦前篇、五九年一月）、中（戦中篇、六〇年二月）、下（戦後篇、六二年四月）の三巻本に結実、平凡社より刊行された。現在は、改訂増補版を元に各二分冊計六分冊で「東洋文庫」（平凡社）に収録されている。

同じ時期にイタリアのグラムシは獄中でそういうことを文化的ヘゲモニーという問題として考えましたが、中野重治も同じようなことを考えようとしたのではないかと思うのです。それはまさに「細部」的ですが、この短い作品に、そういったすべてが圧縮されている。その意味で、この作品は、マルクス主義への転向、つまり反復としての回心を示していると思います。

大江　そのとおりです。僕は、そういう連続性のあるものの考え方と、細部から考えていく、小さなところから考えていく態度が、中野という人をつくっていると受けとめて、そこに転向、あるいは非転向、あるいは再転向とかそんな評価を導いていくことは考えないで、中野さんを読んできたと思いますね。

認識と倫理

大江　しかしそういうノンポリの読み方とは別に、具体的に、中野重治には日本共産党との問題がある。転向が国家権力との間の関係を一面化しうるとすれば、日本共産党との関係はさらに厄介な問題として、中野重治にいつも絡みついている。結局、中野さんは非常に苦しい思いをして、今ある日本共産党から自由になっていくわけですね。そして、さまざまに批判を浴びる。

　それから中野さんは自分も小さな党派をつくってゆくわけですが、しかし、一人の人間として、しかも、マルクス・レーニン主義者であり続けようとした彼の道がありますね。それと現在のソビエトの崩壊はつながっていると僕は思っているんです。

　ソビエトの崩壊の前に、日本共産党と中野重治との別れのころから、インテリの非常にいい作家が、ソビエトの政治体制とも、日本共産党の政治体制とも自由に生きていくことができるかということを非常に苦しい形で彼は手さぐりしようとした。そうせざるをえないところへ、追いつめられもした。それを現在の目で見て、中野さんの生き方は、大筋において間違っていなかったと僕は思うんです。その点が、これからさらに複雑な作家の生き方、今後のインテリの態度を模索する上で、有効なモデルとなるだろう。

『甲乙丙丁』で野間賞をもらわれたとき、僕は授賞式に行ったんですが、そのときのあいさつは、作家としての思いを様ざまにのべた上で、「政治活動は、これを続けます」というのだったですよ。それは本当に中野さんの全体をあらわす言葉だと思いましたね。

　むしろソビエトがなくなっても、日本共産党と敵対しても、マルクス・レーニン主義者であることのできる一人の人間として、彼があった。そういう観点とはまた別かも知れませんが、マルクス・レーニン主義を人間の科学として、いわばユマニスムとして読み直すことを柄谷さんはなさっているんじゃないでしょうか。

柄谷　僕は共産党とまったく縁がなかったわけですが、新左翼を見ていると昔話ではないという気はしていましたね。なぜかというと、例えば五〇年代の共産党の分裂というようなことも、六九年か七〇年ぐらいから反復されているからです。有名な例でいえば、連合赤軍がそうですけれども、実際、当時の新左翼はかつての所感派の文献を評価していました。たとえば、火炎ビンのつくり方のような文献まで復刻されていました。

僕は一九六〇年に大学に入ったのですが、いわゆる安保ブントの終り頃、その末端にいました。まもなく気がついたのは、そのやり方の多くがほとんど共産党の経験から来るものだということでした。僕はそれを否定しようとしてきたのですが、六〇年代後半にそれが増幅されてあらわれた。新左翼といいながら、昔の共産党時代の習性・行動パターンを再現していたのです。だから、中野重治が戦前・戦後の共産党の経験にこだわったことを、若い世代が無視してはいけなかったと思うのです。過去の問題だと思ってはいけなかった。今はそう思います。

マルクス・レーニン主義ということについていえば、僕がずっと考えてきたのは「共産主義」よりも、資本主義の問題です。マルクスが考えたのももっぱらそれです。僕は、基本的に、資本主義は終ると思っています。それはいつ終るかわからないし、無理やりに終らせることもできないし、またそうすべきでもないけれども、それは絶対に限界がある。資本とは自己増殖する貨幣であって、剰余価値を確保できないかぎり死滅するからです。資本主義がグローバルに深化するほど、大がかりにその限界を自ら生み出す。それがいわば弁証法です。必ずそういう時期が来ると思います。それは信念の問題ではなくて、認識の問題です。その点で、僕は楽天的であり、同時に悲観的ですね。

ある考え方を持続するには、二つの要素が要ると思うんですね。一つは、大江さんがさっき中野重治に関していわれたように、倫理的な潔癖さとかいうこともありますが、それだけじゃやっぱり無理だと思うんですね。認識ということが必要だろうと思う。つまり、中野さんは、道義的な廉直とか、そういうことだけの人ではないと僕はいいたいのです。やっぱり認識が切り離せない形であった人だと思う。スピノザの『エチカ』で言えば、中野さんは、倫理性と「知る」ことを切り離せないと考えていた人だと思うのです。

大江　中野さんの仕事をずっと読んできて、道徳と認識とどちらを優位に置くかというと、認識を優位に置く人だと僕も思います。

中野さんは、しばしば自分が間違っていたということを認める人なんです。その場合も、いわゆる非常に廉直な文筆家といわれている人とは態度が違います。倫理に立ってというより、認識に立って、ということです。

僕は、基本的には、いわゆる廉直な文筆家というものはないと考えています。イェーツが、男らしい廉直な人間を私は愛する、アップスタンディング・マンが好きだと、生涯の終りの方の名高い詩で書いていますが、その場合、川をさかのぼって毛針で魚を釣っているアップスタンディング・マンとしての青年が好きなのであって、一方、自分は廉直とはいいがたい人間、気の狂ったような老人だと認めているわけです。

間違いを犯す側の人間に自分を置いて、そこから認識を始める。そして、認識と廉直さとがその上でつながるということですね。

日本の文学には、ある種の人格的な文体主義があります。それは近代文学の初めからずっとある。しかしそれ以前はそうじゃない。例えば西鶴のような人は、決して人格主義の文体家ではない。ところが、近代日本の歴史の中では、私小説というものの存在が大きかった。もっとも、私小説のさまざまな流派の最初の方を見てみると、そこにはいわゆる廉直とは違う、もっと高い人間的廉直というものがあります。例えば岩野泡鳴がそうです。

ところが、志賀直哉という一つの象徴が現れて、それこそ天皇的な存在となった。

志賀直哉は散文として最大の認識力をもつ文章を書き、生き方は廉直であり、その認識と廉直とは彼の文体に明らかだという一種の信仰ができた。「文体は人である」の日本的な解釈が生じたわけです。そのエピゴーネンたちもたくさんいます。

では中野重治と志賀直哉はどこが違うか。僕は二人とも文章家として一級の人だと思います。そして、それぞれの認識の仕方を表現する文体も発見した。二人とも人間的魅力がある人でしょう。しかし、中野は、自分が間違うと思っていたのに対し、志賀直哉は自分が間違わないと思っていたのじゃないかと思う。

戦後、中野さんと志賀直哉との交渉が一つあったことがいわれていますね。有名ですが、それは、「新日本文学」の賛助会員に志賀直哉がなった。それも中野という人の人格が好きだからといった。中野の人格の見事さということにおいては、僕は志賀直哉の観察は正しいと思います。ところが、そのあと中野重治が安倍能成について批判した（「安倍さんの『さん』」読売新聞一九四六年三月十一日）。それに怒って、志賀直哉は賛助会員をやめることにした。

この場合、志賀直哉の廉直性とか、志賀直哉の「文は人なり」みたいなところで、志賀直哉こそ正しかったという言い方がよくされるわけですが、僕はこの場合、志賀直哉は正しくなかったと思う。志賀直哉は、いったん入会したけれども、いろんな情報を聞いてみて、単に中野重治と組むことは危険だと思ったとか、そういう一種のお金持ちの大家の怯懦あるいはバランス感覚が働いただけではないのか。安倍能成批判では、中野重治はいささかも非難されることはないと思います。

それから中野重治は決して文章が固定していなくて、作品ごとに非常に微妙な展開を示す作家であったと思います。その点も、志賀直哉と違います。

柄谷　スピノザは、自分が考えていることはつねに想像物でしかないのではないかと考えていました。その意味で、中野重治の知性と倫理性については、「中野重治のエチカ」というと、ぴったりするのではないかと思ったのです。

大江　賛成ですね。

柄谷　認識が片一方にあって、他方に倫理があるとかいうものではなくて、認識自体が倫理そのものでもある、そういう人だったという気がするんですね。

大江　キリスト教の原理の側から、あるいはユダヤ教の原理の側からおりてくるもので、人間の細部のエチカが決まってくるということは、スピノザ的ではないでしょう。

柄谷　ないですね。

大江　僕がいうのは、中野さんも上からおりて来るものによってでなく、一種細々したところから出発して、倫理というところに登っていくわけですね。それは危険なことでもあるわけで、例えばヨーロッパの思想家は、たいていそういう個人の倫理的なものが一回打ち倒されてしまって、どうにもしようがないところから、大きい倫理の中にもう一回生き返るという経験をしている人たちです。大段平（おおだんびら）をふりかざすみたいになりますが、アウグスチヌスにしてもそうだし、ダンテとか、ウィリアム・ブレイクとか、イェーツとかいう人たち、みんなそういうことで僕は魅力を感じているわけなんです。

インターナショナルな日本人

大江　それから中野さんには、パトリオティズムといいますか、オーウェルがパトリオティズムというような、自分の土地とか、自分の食べ物とか、自分の周りが好きだというところがあります。その点、いい意味で、ナショナルな人だと思いますが、ナショナルで、かつインターナショナルなところが中野さんにはあったのじゃないですか。

例えばヨーロッパでいえば、チェコから来た人とか、ポーランドから来た人とか、白ロシアから来た人などが集まって会議をしていると、彼らはたいていナショナルで、かつインターナショナルという感じがします。アメリカの大学にいる先生方もそういう人が多いですね、トルコから来た経済学者で中国の専門家がいたりする。
中野さんは基本的にインターナショナルな人間であろうと思って、それを志していられたろうと思うんです。ですから、中国から来た代表団が中国人らしい魅力を発揮して、ロシア人の亡命者がロシア人らしい魅力を発揮して、それを日本人として横で見ていることの楽しさというようなことも、「ある楽しさ」(「新潮」一九六〇年八月号)の中で書いていられます。そこに中野さんの、日本人らしいナショナルな魅力ということはある。

柄谷　ナショナリズムに関していいますと、中野重治がレーニンを読んで再三強調するのは、レーニンがロシアにこだわっているということなんですね。それは、中野重治が日本にこだわるということを含意します。しかし、同時に、彼はロシアにこだわるレーニンにこだわっている。そういう意味でも、確かに、彼はナショナリストであり、且つインターナショナルな人ですね。
話は違いますが、昔、あるアメリカ人からこういうことを聞きました。日本では「国際化」ということが言われているらしいけど、日本の田舎に行くと、すごく国際的な人間がいると思うと言うんですね。もちろん彼らは外国語も外国文化も知らない。しかし、たんに見知らぬ異邦人に親切にするということ、それが一番普遍的で、国際的なわけです。スピノザが言ったのもそういうことですね。中野さんが持っていたのは世界的な認識ということではなくて、恐らくこれはどこでもこうなんだという構えだろうと思うんです。

僕もアメリカなどで仕事をする場合、日本にいるときのスタンスを変えません。着る物も食う物も座り方も同じ。まあ、それは単にめんどくさいからですが（笑）。しかし、日本で書かれたもの、考えられたことを外に出したいという気持ちが強くあります。いってみれば、それはナショナリズムなんですけれども、同時に日本のものをインターナショナルにしたいと思っているからです。日本の中で日本人のアイデンティティとか日本に帰れとかいっているような議論は、もともと外で通用しないし、日本ですら実は通用しない議論だと思うんですね。

大江　僕は実際に柄谷さんと海外のセミナーみたいものに一緒に出たことがありますが、その時のあなたに感心したことは、確かに日本人の認識のいいところだとみんなに示したいものを、それも愛国主義というのではなく、普遍的な視点からいっておもしろそうな日本人の認識を示そうとして、一寸刻みみたいな感じで議論をしていかれることなんですよ。これは理解もされるけれど、誤解もされる態度で、非常に難しいやり方で柄谷さんは始めているなという気持ちをね、僕は何年間かもってきました。

そしてこの前、あなたの本に対するフレドリック・ジェイムソンの序文を読んで、その一寸刻みの方法が理解されている、と確信したんです。これからまた大きい乖離というか分離みたいなものが行われるかもしれないけれども、あの論文に関する限りは、漱石一つとっても、柄谷さんのやり方の光がジェイムソンの鏡とうまく照らし合っているという気持ちをもちました。

日本の知識人が海外でやる仕事に対する海外の秀れた知識人の評価の中で、そういうことは余りなかったと思うんです。もちろん丸山眞男に対する評価はあり、井筒俊彦に対する評価はあるけれども、ああいう毎日のセミナーのレヴェルで、困難な、誤解も生じうるような仕方で、しかし、自分のやり方にこだわって少しずつ進めていくと、突然相手としっかり出会ってしまう、そういう幸いが実現されていると思いました。

中野さんも、将来いい翻訳が出たり、研究書が出たりする場合に、日本の近代百数十年の間の知識人として、非常にインターナショナルなものを持った日本人として、しかも、日本人的な魅力のある人として評価されればいいと思いますが。

柄谷　既にミリアム・シルバーバーグの本が出ていますけれども。

大江　『歌のわかれ』を英語にしてタイトルにした、大正、昭和の日本の女性の労働問題なども視野にいれた本ですね。

柄谷　彼女は中野重治をベンヤミンとか一九三〇年代のドイツの左翼の運動と並行的に見ようとしているわけですね。

フレドリック・ジェイムソン Fredric Jameson（一九三四〜）アメリカの文学者、思想家、批評家。マルクス主義文学批評。邦訳書に『弁証法的批評の冒険——マルクス主義と形式』『政治的無意識——社会的象徴行為としての物語』他。

『日本近代文学の起源』英文版の序文 *Origins of Modern Japanese Literature* Duke University Press,1993 *Foreword:In the Mirror of Alternate Modernities*, Fredric Jameson

ミリアム・シルバーバーグ Miriam Rom Silverberg（一九五一〜二〇〇八）アメリカの歴史学者、日本近代史研究者。カリフォルニア大学ロサンゼルス校名誉教授。
Changing Song:The Marxist Manifestos of Nakano Shigeharu. Princeton University Press,1990（邦訳『中野重治とモダン・マルクス主義』平凡社、一九九八）

大江　つながっているところがあるのじゃないですか、事実。

柄谷　そうですね。福本和夫に関してもそうなんです。福本はフランクフルト大学でルカーチやコルシュと一緒にいました。面白いのは、福本が帰国して論文を共産党本部に送ったら、まもなく理論的指導者として本部に迎えられたということです。福本がどういう奴か、それまで誰も知らなかったというのですから。そういう闊達な時期があったと思うのです。中野重治は福本を読んでマルクス主義者になった。ベンヤミンもルカーチを読んでマルクス主義者になったわけです。

先ほど、大江さんは、中野重治が岡本潤などアナーキストに好かれていたと言われました。最近僕は、新感覚派とか形式主義のことを調べる機会があったのですが、だいたい一九二七年ぐらいまでは、彼らは論争しながらも、マルクス主義者と友好的に共存していました。彼らは政治的にはアナーキズムです。それは、ソ連でもヨーロッパでもそうだったのです。僕の印象では、この時期の日本の形式主義者は、マルクスに関しても正確なことを言っていたと思います。今読んでも新鮮です。それはバフチンが新鮮だというのと同じです。

しかし、その雰囲気が突然変わったわけです。それは日本の権力の弾圧によるのではない。たとえば、福本和夫は一九二七年にモスクワに呼ばれて、批判され排除されます。僕は昔それを日本の文脈だけで考えていましたが、実は同じ年にルカーチも批判されスターリニズムに転向している。ソ連のフォルマリストやアヴァンギャルドが一掃されたのはいうまでもないことです。だから、世界的に一挙にそういうことになったわけで、その時点の後から考えると、それ以前の状態がよくわからなくなるんだと思います。中野重治はそういう背景を知らなかったとしても、直観的にスターリニズム以前の認識を保持していたと思うんです。だから、むしろアナーキスト系の人が好意をもったのは当然だという気がします。

ルカーチは転向しなければ簡単に殺されていたでしょう。しかし、福本和夫はその後共産党から排除されながら、獄中十四年非転向だった。それはある意味で日本だから可能なことでしたが、考えてみれば、福本はソ連からもやっつけられ、共産党からもやっつけられたままで非転向でした。戦後も復党したあと除名されています。しかし、マルクス主義者として持続している。誰でも福本イズムというけれども、福本和夫のことを知らないですね。

中野重治は、以前に読んだ中野論によると、自分が本当に影響を受けた人のことはあまり書かないらしいです。福本についてもほとんど書いていない。しかし、たとえば、彼は「福本和夫個人から離れて、いわゆる福本主義はあきらかに身分的なものを烙印(らくいん)されていた」(『身分、階級と自我』一九六〇年)と書いています。つまり、福本主義に反撥したが、福本和夫のことは別に考えていたのではないか、という気がするのです。

大江　僕は福本和夫について、一度だけ中野さんとお話ししたことがあります。それは、マルクス・レーニン主義やプロレタリア文学史の専門家たちが集まっているところでした。こちらは聞き役で、話が二時間か三時間あって一段落した後で「福本和夫の最近の仕事はあるのかね」と中野さんがいわれた。僕は福本和夫のおもしろい鯨の本（『日本捕鯨史話』）を持っていることと、それにあわせて、志賀義雄の民俗学の論文をいいと思うことをそのときはじめて発言しました。すると、そう、よく読んでるね、と褒めてもらいました（笑）。

柄谷　ずっと福本和夫を意識していたわけですね。

大江　僕の家内は、中野さんが評価していられた伊丹万作の全集に文章を書いて、それは彼女の印刷された唯一のものですけどね、中野さんから、あれは病気のお父さんが家のどこに、どのように寝て暮していたか、それがよくわかってとてもいい、と褒めてもらいました。家内に対してほど全面的にじゃないけれど、さっき言った『小林多喜二と宮本百合子』へ書いた解説への手紙とこれが、僕の、中野さんに褒めてもらった思い出です。

戦後の文学の認識と方法

一九九六年五月二一日

批評と哲学

柄谷　大江さんが文芸雑誌にデビューされたのは一九五七年ですね。

大江　そうです。五七年の夏。

柄谷　僕は六九年に、大江さんが選考委員をされていた群像新人賞をもらったわけです。当時、その十二年の違いは、随分大きいような気がしていましたが、今から振り返ってみると、さほどのことはなかったという気がしています。それも当然で、あれから二十七年も経っているのですから。特に、九〇年代以後の状況のなかで考えてみると、僕はむしろ自分が批判してきたような前世代と共通の時代的な地盤にあったことを痛切に感じています。

大江　あなたがそのころ哲学ではなく、批評という形でものを書こうとされたことには、やはり時代的な必然があると感じますか。

柄谷　ええ。少なくとも、現在なら、僕は批評という形式ではやらなかっただろうという気がしますね。僕はたんに小説をあげつらったり理論的に考察したりするために批評を選んだということはありません。それなら、むしろ小説家になろうとしたでしょう。やはり、哲学的というべき関心が強くあったのです。ところが、それを哲学としてやる気にはならなかったのです。それにはそれなりの理由があったと思います。まず何よりも文章の問題がありました。僕はいわゆる哲学者の書いた文章を好きになれませんでした。それは自分自身の存在と遊離しているような気がしたのです。そして、それはまた日本の現実的な存在と遊離しているということでもあります。

戦中に行なわれた『近代の超克(ちょうこく)』という座談会を丁寧に読みなおしたことがありますが、その中に、小林秀雄が京都学派の人たちに、君たちはまともな文章を書いていないとやっつけているところがあります。再読した時に思ったのは、第一にその時、小林秀雄は京都学派の哲学者をこれ以上ない言い方で批判していたのだということです。第二に、実は小林秀雄は哲学者なのだ、しかし批評という形で書くほかなかった哲学者なのだ、ということです。これは日本において、あるいは日本語において考えるかぎり避けがたい問題であり、また、そう考えること自体が、批評という形式

『近代の超克』座談会
「文學界」（一九四二年九月、十月号）掲載。出席者は、西谷啓治（哲学）、諸井三郎（音楽学）、鈴木成高（西洋史）、菊池正士（物理学）、下村寅太郎（科学史）、吉満義彦（哲学）、小林秀雄（文芸評論家）、亀井勝一郎（文芸評論家）、林房雄（文芸評論家）、三好達治（詩人）、津村秀夫（映画評論家）、中村光夫（文芸評論家）、河上徹太郎（文芸評論家）

を強いるのだと思います。

僕にとって、批評とは、思考することと存在することの乖離そのものを見ることでした。といっても、それは抽象的な問題ではなく、日本の近代以降の経験、あるいはファシズムと戦争の経験、そういうものを凝縮した問題だと思うんです。それはいわゆる哲学や、社会科学や、そういったものからは不可避的に抜け落ちてしまう何かです。逆に、批評という形式においてなら、どんなことでも考えられるのではないか、と思ったのです。今の若い人たちはそういうふうに考えないでしょうが、僕にとっては、批評は自分の認識と倫理にとって不可欠な形式であったと思うんです。そして、それは現在もなお続いていると思います。

大江　批評ということの今の柄谷さんの定義は、よく納得できるものだと思います。ここ二年ほど、スピノザを読む、スピノザについてのいろんな本を読むということだけをずっと続けてきました。そして哲学は批評とはすっかり違う、一人の哲学者がとらえようとする対象は、じつはそれぞれに狭いものだと感じています。

もちろんスピノザは神もとらえようとしますし、神イコール自然の全存在をとらえようとするし、全存在についての意識、すなわち神の意識もとらえているわけですから、広いといえば広い。根本的に広い。根本的に大きい。しかし、現在ある批評のように個別的に多様だ、ということではありません。

スピノザ研究の比較的新しい本を読みますが、例えば『ザ・サブスタンス・オブ・スピノザ』という本があって、それは僕が一生で読んだ一番難しい本だと思うくらい難しい。著者はアメリカのヘーゲル協会の元会長ということですが、ノースウエスタンやボストン大学の先生です。彼は非常に批評的な人で、スピノザのサブスタンスの考え方について論争的に他の学者を打ち砕いてゆく。

柄谷 ヨーヴェルという人ですか？

大江 エロール・E・ハリス。ずっと前『サルヴェイション・フロム・ディスペア』という魅力的な本を書いた、希望を持たない人間にとってのスピノザというような。『ザ・サブスタンス・オブ・スピノザ』は、スピノザの哲学的な概念で一番とらえにくいというか、非常にあいまいで、本当かなと思うようなことも書かれているのがサブスタンスについてですが、それについて考える。それも、スピノザのサブスタンスについて書いたすべての同時代の批評家、同時代の哲学者たちを反駁していく、批評していくという書き方です。

そこでスピノザのサブスタンスの意味について、次第に考え方が深まってくるし、その思考方法も確実、正確に行われていて、読む喜びはあります。しかし、それが世界に向かって広がっていくという印象はない。それを読んでいて、「哲学者はもともとこういうものだったんじゃないだろうか」と僕は思う。

エロール・E・ハリス Errol E. Harris *The Substance of Spinoza*, Prometheus Books,1995 *Salvation from Despair: A Reappraisal of Spinoza's Philosophy*, Springer,1973

今まで僕は、哲学の通俗化といいますか、哲学者が哲学よりほかのことを考えているという本をずっと読んできたように思うんですが、初めて「哲学とはこういうものか」と思った。そこから今柄谷さんが連載されている仕事を読むと、同じ行き方のものとしてよくわかるように思ったんです。

あれは哲学の問題をやっていられて、批評とは違うのじゃないか。柄谷さんの『坂口安吾と中上健次』の方もいい本だと思いますが、その批評の書き方と、『探究』の書き方は違う。批評家が哲学的思考を行う習慣を持っていて、それで一つ仕事をして、同時に、通俗化とも違いますけれども、別の書き方で文学批評も行う。今の柄谷さんのやり方は正しい態度だと思ったんです。

ところで、戦前、カントやヘーゲルの祖述よりほかに日本にクリエイティヴな哲学があったんでしょうか。西田幾多郎がいたけれど、西田にしても、僕などが読んで大体わかる。一般化された思考がある。ほかの人たちはまさにそうです。今話に出た『近代の超克』という、哲学者と文学者の座談会を読むのと、余り変わらない。小林秀雄は哲学者ではないが、京都の学者も小林秀雄と大きな差があるとは思えない。

日本という国家の進み行きと、哲学は寄り添ってしまっていましたから、戦争が終わると、哲学の敗北もありました。戦後、新しい哲学とともに日本は出発したのか、またどの人がその哲学者に当たるだろうか、それがよくわからない。ところが、文学の人間は、もちろん哲学的思考と違ったものですけれども、できるだけ広く物をとらえようとして、いろんな人が悪戦苦闘してきました。

現在から振り返りますと、敗戦直後、戦後の始まりは思想的な時代で、文学者は文学者なりに、自分の時代と自分自身の表現、リプレゼンテーションを行おうとしていた。その軌跡が見られる。たとえばあなたの本における坂口安吾。文学者が死に物狂いで自分のリプレゼンテーションを行うと、そこに世界について、人間について、時代についての表現が成立する。そしてそれは、文学の側からの哲学者に対する回答、答案にもなっていたのでした。

ところが、その時代から批評家は、哲学者と文学者を媒介する役割をになっていたか、文学の側に立って思想的なリプレゼンテーションをしていたかというと、それをしなかったのじゃないだろうか。批評家はさらに文学の側に近づいて、哲学の側からは非常に遠ざかっていくという態度が一般的だったのじゃないだろうか。もちろん、平野謙とか、中村光夫とか、花田清輝とか、そういう批評家はすばらしい人たちでしたが。

今から根本的に考えてみると、戦後文学は十分ではありませんけれども、小説家が小説を通じて、哲学者の認識、哲学者の自己表現に近づいていこうとした時代だったのではないだろうか。それに対して、江藤淳さんは特にそうですが、現在に至るまで批評家は哲学とは無関係に生きてきたのではないか。
戦後五十年の中で意識的に批評家になろうとすれば、ほかの批評家、現在の批評家とはすっかり違った意識によって出発するか、あるいは、のんき坊主に先行者にならって出発するかの二つしかなかっただろうと思うんですよ。あなたの場合は、根本的に批評の役割を哲学と文学の間に見定めて、批評独自の世界を確立しようとしたということじゃないですか。

柄谷 すばらしい言い方で、返答に窮します（笑）。今僕の二つの本のことを例に挙げられましたが、僕は二つのものをつないでいるというよりも、本当は、それらが真っ二つに分かれてしまっているという気がしています。そして、それは、やっぱり外国に向けて仕事をしているということが関係していると思います。たとえば、中上健次論や坂口安吾論だけではなく、かりに大江健三郎論であろうと、それを英語で出すとか、外国語で出すことはできないと思うんです。

大江 そう思いますね。

柄谷 ところが、哲学的なものならやっていける。最初にアメリカに行ったのは一九七五年ですけれども、その時期から、外国で理論的なことで仕事をしたいと思うようになりました。僕は以前に「言語・数・貨幣」（『内省と遡行』所収）というような問題をめぐってものすごく抽象的なことを考えましたが、ああいうことをやる動機あるいは衝迫は、けっして日本の中からは来ないと思います。今大江さんがあげられたような批評家は当然そういうものを持っていない。外国文学者や哲学者も持っていない。それは資質や能力というものとは別の問題だと思います。よくも悪くも、僕にはそういう衝迫があります。

もちろん、僕は『坂口安吾と中上健次』という本のような系列の仕事を一方でやってきました。つまり、二系列の仕事をずっとやってきているんですね。それらは、同じ僕がやっているのだからつながっているのでしょうけど、僕自身は分裂を感じています。どちらが重要なのかわからない。世界的に通じる仕事をすべきなのか、日本の現実にコミットしてやるべきなのか、たえず迷っています。しかし、この分裂は、僕だけのものではないと思うんです。日本が世界で置かれている位置に関係しているわけです。僕が持っている分裂や落差の感覚は、もともとあるものではないか。さっき、思考することと現に在ることの落差の意識が批評だといいましたけど、その意味では、この二つの系列を同時的にやることが批評的なのではないか、と思っているんです。

文学研究から普遍的思考へ

大江　アメリカで比較文学者として研究している文学の専門家で、かつ批評の文章を書く人で、僕がよく理解できる人はエドワード・サイードです。サイードは僕と同い年ですが、パレスチナ人で、カイロで少年時をすごした。そして、イギリス文学を研究することから始めて、広範囲な文章を書いている。

もちろんパレスチナについての研究、パレスチナ人としての発言も大切ですけれども、文学研究者としては、まずイギリス文学の専門家として批評を書いた。そして、ちょうどうまいぐあいに、イギリス文学、英語の文学が、普遍的な文学といいうるような文学であったと思います。

イギリス文学の研究が、ある哲学的な思考の表現でもありうる、英語が哲学的思考と文学的思考とをうまく結びつけることができるものであるとして、自分の独自に世界的な仕事を完成していっている点が、僕のサイードを尊敬する理由です。柄谷さんの仕事の困難さを見ますと、日本語は普遍的じゃない、あるいは、日本文学は普遍的でないという認識とそこからの乗り越えの印象を持ちます。

エドワード・サイード Edward Wadie Said（一九三五〜二〇〇三）エルサレム生まれのパレスチナ人、のちアメリカへ移住。英文学者、文学批評家。キリスト教徒。音楽批評も行い、自身、ピアニストとしても活動した。邦訳書に『オリエンタリズム』『イスラム報道』他。

サイードにおけるイギリス文学の研究は、それを帝国主義的なものとして批判する、さらに幾重にもかさねて、第三世界の見事な例と横につながることをしています。否定的な媒介としての英文学あるいは仏文学も、普遍的なものへの有効な取っかかりになっています。それは、フレドリック・ジェイムソンにしても同じです。

ところが、日本文学をアメリカ人の学者と検討するときにいつも感じてきたことは、日本文学は日本語のもので、しかも、あなたに「固有名をめぐって」というのがありますけれども、日本語の固有名詞と深く結びついている。日本文学をよく検討することは、例えば（ドナルド）キーンとか、サイデンステッカーとか、ヒベットとか、日本文学のプロはつくりましたけれども、普遍的な文学について考える思想家はつくらなかったんじゃないかという気持ちを抱きます。マサオ・ミヨシは突出した例外です。

もちろん柄谷さんには、日本語で思考するところがある。それに負けぬほど、英語で思考するところもある。その二重性の厚みもあると思いますが、固有名詞を持った日本文学、つまり作者の固有名詞と登場人物たちの日本人としての名前と二重に固有名詞を持っていますが、そういうものから入って、しかしすっかり縁を切ることもして、普遍的な問題として文学を考えようとした。

その結果、『探究』のような仕事をする。それが日本語で書かれていたとしても、

ドナルド・キーン（一九二二〜）ニューヨーク生まれの日本文学者。『徒然草』『おくのほそ道』から近松門左衛門、三島由紀夫、安部公房等の翻訳の他、著書も多数。一九八五年、『百代の過客』で読売文学賞と日本文学大賞を受賞、二〇〇八年に文化勲章受章。東日本大震災後、被災者と被災地を見て日本国籍取得・永住を決意し、一二年に日本へ帰化。

サイデンステッカー Edward George Seidensticker（一九二一〜二〇〇七）アメリカの日本文学者。川端康成のノーベル賞受賞に貢献したと言われる Snow Country（『雪国』）、Thousand Cranes（『千羽鶴』）の他、谷崎潤一郎から『源氏物語』まで、幅広く日本文学を紹介した。

外国人とそれを検討する上で少しも支障はないはずです。日本語のできる外国人がいさえすればいい。そういう優秀な人は沢山いる。あるいは、翻訳されれば、もっと普遍的になっていく。その点に、柄谷さんの活動の特徴があると思います。

　そこから振り返ってみると、もちろん僕はそういう批評家に教えられてきたわけで、裏切り者みたいな言い方になりますけれども、日本の批評家は、日本語と固有名詞に全面に寄りかかっている、あるいはそれを手がかりにしていて、日本語と切り離すと普遍的な文学の問題は出てこないのみならず、なにひとつ進まないという仕事をずっとしてきたのじゃないか。戦前の批評家として小林秀雄がそうだし、戦後の批評家として、江藤淳など、もっぱら日本語の固有名詞、日本語の文学、日本人の文学というものを検討してきた。普遍的な原理は考えないで来た。彼の外国の新理論の引用などは、とってつけたようなもので、その本領は『荷風散策』ですよ。それが日本の批評の一般的な形になってしまっていると思います。

　その点、若い批評家がこれからつくり直していかなければいけない。四方田犬彦のように優秀な人に期待するほかない。それは作家もそうです。同じ問題点を抱えているわけですから。自分の文学を通じて普遍的な問題を考えようじゃないかというところにどうしても出ていかなきゃならないと思います。「戦後五十年の意識と表現」というにしても、「戦後五十年の認識と方法」というにしても、考えてはみましたが、

ヒベット Howard Scott Hibbett（一九二〇〜）アメリカの日本文学者。訳書に谷崎潤一郎 Quicksand（『卍』）、Diary of a Mad Old Man（『瘋癲老人日記』）、竹山道雄 Harp of Burma（『ビルマの竪琴』）他がある。

マサオ・ミヨシ（一九二八〜二〇〇九）東京生まれのアメリカの英文学者。カリフォルニア大学サンディエゴ校名誉教授。専門は英ヴィクトリア朝文学だが、アメリカにおける日本学に大きな影響を与える。またチョムスキー、サイード、ジェイムソンらとともに、行動派の知識人として知られる。邦訳書に『我ら見しままに――万延元年遣米使節の旅路』『オフ・センター――日米摩擦の権力・文化構造』他。

日本の批評を十年ごとに提示しながら、はっきりした歴史的な推移を示すことはできない。この五十年全体を振り返っても、普遍的なものに進んではいない。敗戦時のように、もう一度決心して、はっきり普遍的なところに足を踏み出す努力をしようじゃないかという動きが今必要だと思います。

翻訳の両義性

柄谷　僕はこの四月にドイツへ二週間行って来ました。それは『日本近代文学の起源』がドイツで出版されたからです。この本には日本の固有名が氾濫しています。最初、アメリカで出たとき、僕はそのことを危惧しました。つまり、日本関係以外のところで読まれるだろうか、と。しかし、結果的には、その外でよく読まれたのですね。ドイツでこれを出版したのも、これまで日本と無関係の、哲学系の本屋です。僕はこの本で、日本の経験を素材にして「近代」というものがどういうものかを問うたわけですが、その場合、どんなに見知らぬ固有名詞が氾濫していようと、読む人には関係がないんだな、ということを感じました。と同時に、明治のころの出来事には普遍性があるのだな、とあらためて思ったのです。

ドイツから帰ってすぐ、僕は台湾に行きました。そこで、僕はまた明治の頃の問題を考えたんです。たとえば、明治の頃、ドイツの哲学、とくに観念論の哲学が翻訳された。それが中心になったために、日本の哲学は、小林秀雄が嗤ったような奇妙な生硬な日本語で書かれるようになった。これは確かなんです。しかし、台湾で思ったのは、それと反対のことです。僕を招んだ人たちはみんな英語ができる人たちです。しかし、話してみて驚いたことに、彼らはハイデッガーについて議論をしているにもかかわらず、中国語でハイデッガーが翻訳されたこともなく、今後も訳されないだろうというんです。

大江 そうでしょうか？

柄谷 日本では何十冊も訳されている。もちろん、台湾の人たちもよく読んでいるんですが、中国語ではそれを読めない。ハイデッガーを日本語で読んでもわかるわけがない、という人がいるし、僕もそうだろうと思います。しかし、僕が台湾で思ったのは、日本語でハイデッガーであれ、何であれ読めてしまうということ自体が、ものすごいことではないかということです。この基盤を、日本人は明治時代に作った。そのことがわれわれにとって特異な条件になっているのではないかということを思ったのです。

先ほどのサイードもそうですけれども、サイードは西洋圏で教育を受けたし、英語で書いている。しかし、それはパレスチナの言語に翻訳されているかというと、翻訳されていないと思う。彼の書くことは、インテリを除いて、パレスチナ人には読めないだろうと思います。同様に、台湾のインテリがしゃべっていることは、中国語ではしゃべれないことなんですね。

大江　英語ではしゃべれるけれども、中国語ではしゃべれない？

柄谷　そうです。昔、漱石が、日本人はなぜ英語ができなくなったかという問題にかんして、こういうことを言っています。自分たちの学生のころは、先生が全部外国人だから、やらざるを得なかったけれども、今は翻訳で読めるからできなくなったのだ。外国語ができなくなったのは、したがって、よくないことでもあり、いいことでもある。アジアに行けば、外国語のできる知識人は多い、それは自分の若い頃と同じだからだ。大体そういうようなことを漱石は言っています。ある意味で、この両義性の問題は大きいんじゃないかと思うんです。

僕が大学院のころにイギリス人の先生がいました。もともと経済学部の客員教授だったんですが、文学部にも教えに来ていた。その人は、日本を去るまで、なぜか僕がロシア語ができると錯覚していた。それは、僕がある時、ドストエフスキー全集をすべて読んだと言ったことがあるからです。英語圏の常識からいって、ドストエフスキーの全集をすべて読めるということは、ロシア語ができるに決まっているということになります。僕はそれをそのままにしておきました。「実はできない」とはいわなかった（笑）。

たとえば、日本ではすべてを翻訳で読めてしまう、しかもそれを日本語で語りうるということが、普遍性という錯覚を持ってしまう原因じゃないでしょうか。大正時代以後、みんながトルストイについて語り、ドストエフスキーについて語る。彼らは、二葉亭四迷のようにそれをどう訳すかということで悩んだ人よりも、普遍的なつもりになれる。すべての世界の文学や哲学に通じているように見えているということで、そのままで普遍的だと思っている。そのために、日本の中の議論がそのまま普遍的だという錯覚を与えているんじゃないか。そのために、そこにものすごく大きなギャップがあるということを意識しないと思うんです。

ところが、台湾とかパレスチナの人であれば、日ごろから、それを意識しているわけです。恐らく明治のころの人も意識していたと思うんです。だから、彼らの方がかえって普遍的なんですよ。漱石の『文学論』でもそうですけれども、どうしようもない差異を感じつつ、普遍的であろうとしているんですね。ところが、大正以降になりますと、自分たちは普遍的だと思って、そこから議論が始まっている。だから、僕が最初にいった「落差」というものがあまり意識されていないんじゃないかと思うんです。

小泉八雲の翻訳した手紙

大江　西洋哲学が中国語に翻訳されていないということについて、僕は疑問を持ちます。それは留保したいんです。

柄谷　いや、全く訳されていないということではないですよ。

大江　中村雄二郎さんらの、中国でのシンポジウム報告を読むと、質の高いヨーロッパ通がいそうですよ。魯迅と同時代の中国人以来、哲学的な文章を書いた人たち、研究した人たちがいて、フランスの小説やイギリスの小説を読んでいても中国人の哲学者、中国のインテリが出てきて、秀れた印象がある。哲学と結んでいるに違いない物理学の凄い学者がいることは広く知られています。中国でも、限られた部数の出版にしても、さまざまな翻訳が行われているだろう。文学はそうです。メキシコのファン・ルルフォなども、早くから出ています。日本を超えていたところもあるかもしれないし、日本経由の翻訳もたくさんあったことは知っています。

韓国人の学者と話していても、あるいは中国人の学者と話していても、彼らが持っている普遍的なものに対する広がりに対して、僕は、自分らより大きいものがあると

『「近代化」を探る中国社会　日中《市場経済と文化》シンポジウム』（東方書店、一九九六年二月刊、九四年十月六日から八日に行われたシンポジウムの論文をまとめたもの）

感じて、今まで一緒にやってきたわけですが、日本人についていいますと、今おっしゃったように、日本の国内だけ、自分たちの言語だけで、自分たちが外国のものを読むということもあったり、翻訳したりするということで、日本人は普遍的だと思っているだけ、ということは本当にありますよ。

それが病膏肓に入って、戦前は日本中心のナショナリズムが哲学の分野にも浸透し、そこを支配して、戦争になった側面があると思います。井上哲次郎などは明治のなかばからそれをやって、キリスト教という普遍への攻撃者でした。日本の知識人には国をリードする力はなかったかもしれないけれども、とにかくブレーキをかける力もなかった。

それを考える場合に、いつからそういうふうに日本が閉じてきたかということは大きい問題だと思います。戦後は開いていたか、そうだとして、戦後はどのように再び閉じたかということに移っていきながら考えたいと思うんですが、そもそもの最初に明治は開いていたということは、僕はしばしばそれを感じます。

たとえば、南方熊楠は開いていたと思います。開いている窓口がヨーロッパの正面に向かっていたかどうか、という気持ちも持ちますが、あなたがおっしゃった漱石も、一方的な方向づけにしても開いていた。

世界との交通ということで、僕が最近経験したことがあります。小泉八雲という人に昔から関心を持っていたので、出雲の松江に行きまして、ちょっと話をすると同時に、短い時間でしたが、八雲の記念館に行ってみたり、八雲の専門家と話してみたりして、今まで疑問に思っていたところを確かめようとしたわけです。

昼も夜も宴会みたいな席なのでヘトヘトになって、目的はほとんど達せられなかったけれども、八雲という人は本当におもしろい人ですね。彼はアメリカの出版社の特派員として日本に来て、横浜で、文章と挿絵という形で日本の旅行記を送るはずだったのが、実は絵中心で、それに対する日本語のネームを書くような仕事だったので、怒ってハーパーという出版社と縁を切った。それで自活しなければならなくなって、東京帝大にいたチェンバレンに紹介してもらって松江に行ったのが、明治二十三年でした。三日間人力車に乗って中国山地を越えて松江に行く。松江にいたのは一年と四ヵ月ぐらいじゃないかと思いますが、その間に本当に松江の市民生活に入り込み、そこで小泉節子という人と結婚して、彼の日本の民話研究、怪談研究の出発点もできるわけです。

明治二十三年も暮になると、そこに着いてからまだ半年足らずながら、自分の言葉の能力で日本人の言葉と接触していることがよくわかる。日本人も、自分たちを世界に開くために、小泉八雲の外国語を利用しようとするんです。

するとニ十四年五月に大津事件が起こりました。津田三蔵がロシアのニコライ皇太子を傷つけた。ペテルブルグに帰った皇太子に松江の人たちがお見舞状を書こうとした。そのお見舞状の翻訳を、小泉八雲がしたといわれています。松江の山陰何とか新聞の関係者だった人に頼まれてフランス語に訳した。

それは、「日本の最も古い国出雲の人民として、深甚なる悲痛の意を表します」というような手紙ですが、八雲はフランス語のよくできる人ですから、そのままロシア皇太子への電文をつくったけれども、彼の生徒や中学校の同僚はフランス語ができない。そこで英語に翻訳して、こういうものを書いて送ったということを証拠に与えたわけです。

日本語の原文と英語の原文が残っていて、フランス語の電報はもう失われているわけですが、英語の文章を読みますと、八雲が日本語をフランス語に訳して、それを世界に発信するに当たってどのように苦心したか、このように君たちの手紙は発信されたぞということをどのように日本人に伝えようとしたかがよくわかります。

例えば「最も古い国」というところは、「ジ・オールデスト・プロヴィンス」と書いてあって、小泉八雲の良識みたいなものが出ています。「深甚なる悲痛の意を表します」は、「プロファウンド・ソロウ（ペイン）」となっている。「ソロウ（悲しみ）」だけじゃうまくいかないというのでしょう。「ソロウ」プラス「ペイン」として、自分がフランス語で書いた語感を示そうとしているわけですね。残っていませんけれど

大津事件
一八九一年五月十一日に起きた事件。別名、湖南事件。日本へ立ち寄ったロシア皇太子ニコライ・アレクサンドロビッチ（のちのニコライ二世）を、滋賀県の大津で津田三蔵巡査が斬りつけ、ニコライは頭部に負傷。警察官による国賓への犯行という失態を演じた政府は、日露関係の悪化を恐れ、津田の大逆罪での死刑を主張するが、大審院は謀殺未遂罪で無期懲役とし、司法の独立を守った事件としても知られる。

も、彼がフランス語で書いたのは「シャグラン」という言葉だったろうと思うんです。「シャグラン」は「ソロウ」プラス「ペイン」です。英語ではフランス語の「シャグラン」に当たる言葉はない。英語でいえば「ソロウ」プラス「ペイン」である。そして、それは日本人がいっている「深甚なる悲痛」に近いということを説明したのでしょう。

そういうふうに、言葉が違うと普遍的なものを表現するために苦心が要るということを、八雲というイギリス人がフランス語の手紙を書いて、英語のわかる日本人に説明しようとしている。明治二十年代、明治維新からやっと二十年しかたっていないときです。日本人もこれから世界で普遍的にやっていかなければいけないと思っている。そういうときに、自分の国の巡査がロシアという大きい国の皇太子を傷つけてしまったということで、パニックに陥っていますし、それこそ世界の一員になることへの危機だと思っている。そこから言葉を通じて普遍的なものに対する努力が行われているわけです。

戦争後、昭和二十年、一九四五年もまた、これからは日本人が普遍的でなければ生きていけないと思ったときじゃないでしょうか。そして、英語を学ぼうとした人たちは多かった。明治維新から二十年、戦後から二十年、この比較を最初に行ったのは柄谷さんだったはずですが、ちょうど戦後二十年のころに、柄谷さんの批評家としての出発があった。明治でいえば、小泉八雲が日本に来て、津田三蔵の事件で手紙を書いていたころに、昭和の戦後では、あなたが批評家として出発したわけです。明治維新から二十三年後と敗戦から二十四年後をパラレルに置いてみたとして、昭和四十三年、四十四年の日本は既に普遍的なものからずっと身を退いて、言語的にも閉じていた時代だった、というふうに感じるのですが、どうでしたか。

美的対象としての日本

柄谷 今たまたま僕の年齢に関係していわれましたが、僕には敗戦の記憶があるんですね。戦後まもなく、僕は「迷信」という言葉を覚えた。つまり、あらゆることを疑っていいのだという確信が、五歳ぐらいのときからありましたね。中上健次が僕に「自分には理由があるけれども、なぜあんたは理由もなくラディカルなのか」ということを何度も聞いたことがありました。僕はその問いに答えたことはないけれども、そこに発端があると思っています。だから、僕の中では、戦後五十年経っても、そのこと、つまり、一切を疑っていいのだという考えが本能的にあります。僕は誰からもそれを学ばなかった。しかし、やはり戦後の出発の雰囲気から学んだのです。

先ほど、明治と第二次大戦後を対比させたのは僕だと言われましたが、実は、それは大江さんだと思います（笑）。『万延元年のフットボール』は、まさにその対比によっています。僕が最初に言い出したことがあるとしたら、それは明治と昭和の平行性です。別にそのことにこだわる気もないんですけど、先ほどいった大正時代的なものは、日露戦争の勝利からはじまっていますが、それは昭和でいうと、三十九年（一九六四）頃に対応します。つまり、東京オリンピックのころから、いわば大正時代に似てきます。

僕の経験では、六〇年代半ばごろから、日本の言説空間は閉じていったと思います。高度成長もあったし、もう西洋に追いついた、ロシア・マルクス主義の権威もない、そう人々が思い始めた時期です。例えば、吉本隆明が「自立の思想的拠点」というようなことを書いた時期です。それは、日露戦争に勝ったあとの日本の状態に似ています。日本は一等国になったと思い、自分たちは普遍的だと思い、さらに日本独特の文化といったことをいい始めました。「日本人論」「日本文化論」が続々と書かれました。

それに対して、僕は日露戦争の前後に『東洋の理想』や『茶の本』を書いた岡倉天心のことを考えます。彼は確かに「日本文化論」を最初にやったといっていいような人です。しかし、彼は、それを、植民地下にあったアジアの人々との連帯の意識で書いたのです。そもそも、彼はそれを日本人向けに書いたのではない。彼は、主要な本は全部英語で書いた。西洋人にアジアの普遍性を主張するためです。もちろん、日露戦争後には、彼の言うようなことは日本人はまったく考えなくなる。彼は憤慨して日本を離れ、ボストン美術館で働くようになります。この岡倉天心の中には、明らかに、普遍性への志向があります。そうであるがゆえに、「西洋の普遍性」を疑ったわけです。漱石もそうでした。

しかし、岡倉天心にもし問題があるとすると、アジアや日本の普遍性を提示するにあたって、それを美的な視点からやったということにあると思います。それはその当時、日本の事物で西洋側によって評価されたのが、浮世絵をはじめとする美術工芸品だけだったということもあります。しかし、美的対象としての日本には、普通の人間がいて、普通に考え、普通に生きているということが抜け落ちます。現実に、岡倉天心は美術の専門家で、美術学校をつくったり美術館をつくった人ですからやむを得ないところもあるけれども、日本を美的な対象として表象しようとしたということは、いいかえると逆のオリエンタリズムを作り出すもとにもなったということです。

それはその後もずっと続きます。戦後においても、日本文学を評価する人たちは、すべてそれを美的対象として扱っている。恐らく大江さんの作品は、その中で唯一の例外です。僕は、ある意味では、安部公房も美的対象だと思います。つまり、普通の人間が生きているような感じがしない。それは日本というイメージにうまく合うんですね。彼らは日本に、普通の人間が生きて考えているというようなことを認めたくないんですよ。中上健次のフランスにおける評価も、全く美的対象としてですね。僕は、そこに非常に問題があると思います。

西洋人が、小説家を選んで翻訳し、紹介したとしても、それが美的対象としてであるならば、だめなんだと思います。たとえば我々がフランス文学やドイツ文学、英文学を読むとき、必ずほかのものも読んでいます。哲学も読む、社会科学も読む。文学だけが存在していることはないと思います。しかし、西洋人が日本のことを読むときは、文学だけを選ぶ。そうすると、その文学は、日本の文脈で持っていたような意味を失うと思うんです。それは彼らにとって、美的対象になるということです。

普遍を目指した戦後文学

大江　去年フランスが核実験をして、僕はそれに反対した。それに対して、永年愛読してきたし個人的にも知っているクロード・シモンの批評の手紙が「ル・モンド」に載りました。それへの反応でおもしろかったのは、日本のフランス文学研究者の態度です。

いろんな人たちが僕の態度に対しては反対で、批判をされた。大江は、フランスの戦禍の歴史、特別な現在の状況を知らないから、フランスの核実験に反対する、そう単純にはいかないのだという批評が一般的だった。

僕は、学生のときからフランスに入れ上げてきた人間として、新聞にしても、今でも一番よく読む外国紙はフランスのものです。またウィリアム・モリスの評伝で知られた歴史家Ｅ・Ｐ・トムソンの核廃絶の構想にも賛同してきました。それを考えてきた上で、ヨーロッパ全体の核の状況に対してフランスが持ちえたかもしれない可能性について僕はいいたいことがあったんです。しかし、日本人、大江よ、浮世絵が自分たちに与えた驚き、禅が与えた驚き、そうしたもので自分たちに新しいショックを与えてくれ、とクロード・シモンはいうんです。おっしゃったように、フランス人は日本人から美的なもの以外は求めていないということを明らかにしたものだった。僕がうんざりしたのは、日本のフランス文学研究者たちがそれを受け入れたことです。阿部良雄さんのようにまともな学者で反対を表明された方はいますが、学会はフランス大使館を考慮して、抗議もしなかった。

文学についていえば、安部さんについていうより、三島さんについていえばもっと明確になりますが。

クロード・シモンと「ル・モンド」
一九九二年、当時の仏ミッテラン大統領が仏領ポリネシアのムルロア環礁での地下核実験を中止した。しかし九五年に大統領に就任したジャック・シラクが同年九月、ムルロア環礁での核実験を再開する（九六年一月まで、計六回）。このフランスの核実験に端を発し、ノーベル文学賞作家クロード・シモンとの論争が仏「ル・モンド」紙、「朝日新聞」「読売新聞」紙上で展開した。（大江氏の手紙は『日本の「私」からの手紙』に収録）

柄谷　明確すぎるから、いわなかったんです（笑）。

大江　三島さんは、美ということを自分から持ち出していったし、それこそあなたが岡倉天心についていいわれた逆方向のオリエンタリズムを再構築しようとするのが三島さんの態度でした。僕はそれに反対したわけです。

中上健次さんについていいえば、僕は中上さんの文学の優秀性はもちろん認めますけれども、フランス人のインテリと話していると、中上さんの文学においては未解放部落に対する差別の問題が彼らの関心の中心を占めているということをしばしば感じてきた。それはフランスだけに限らない。

これはやはり美の問題としての関心なんです。すなわち、美の裏側にあるものとしてのアブジェクシオンに惹かれている。彼らが美の対象として日本文学、日本文化をとらえようとする、それが日本の近代化以降百数十年たっても変わらないということを、僕たちは忘れようとしていますけれども、忘れることは無意味な問題ですね。現にある、それを乗り越えるためにどうするか。それを検討する手がかりに翻訳の問題があります。日本人は、日本文学が翻訳されてフランス人に読まれるからもう大丈夫だとしているところがあると思うんですが、そういうことはない。たんなる翻訳ではだめだということを、僕は考えているわけです。

僕は、自分の小説が翻訳されると、それを読んで文句をいうことがありますから、翻訳者や出版社に警戒されてきた（笑）。英訳の場合は特に典型的で、永く中絶していました。フランス語でも自分の意見は述べますけれども、最近はとくにいい翻訳で、僕は自分の小説の翻訳を読む喜びも持っています。同時に、「これは自分の小説じゃない」と強く思うことがある。今までずっとあったんですよ。だから、「あなたの小説を読みました。感動しました」といわれても、僕には、ある留保があるわけです。

ところが、アメリカに行ってセミナーをします。ドイツに行って公開対談をしたりもする。フランスでも同様のことをした。特に英語の場合、アメリカに行って交換セミナーをすると、サイードとか、ジェイムソンとか、マサオ・ミヨシとか、ハルトゥーニアンとか、ナジタとか、学者たちと話すことができますね。

そのグループの中で英語の能力が格段に低いのは僕ですが、その低い能力の英語で話していて、自分の能力の低さを強く自覚していながら、通訳してもらうよりましだと思うときがあるんです。今、自分を、日本人を表現している。それは美的なものじゃなくて、「私はここに今生きています」ということを表現している、と感じる。それを表現しなければ、ここに自分はいないということもまた、非常に強く感じるのです。岡倉天心についてあなたがいわれたことは、本当に今自分が感じていることなんです。

ハルトゥーニアン Harry D. Harootunian（一九二九〜）アメリカの日本研究者。シカゴ大学で日本近代史やナショナリズムの研究を行う。邦訳書に『近代による超克——戦間期日本の歴史・文化・共同体』『アメリカ〈帝国〉の現在——イデオロギーの守護者たち』等がある。

ナジタ Tetsuo Najita（一九三六〜）ハワイ出身、日系二世のアメリカの歴史学者。日本思想史専攻。ハルトゥーニアンらとシカゴ学派を形成。邦訳書に『原敬——政治技術の巨匠』『懐徳堂——18世紀日本の「徳」の諸相』等がある。

そのことを西洋へ、アメリカへ向けて語っていく。韓国人もそれを行う。台湾人も行う。中国人も、フィリピン人もという形で、文化的、あるいは人間の国、人間の都市としてアジアが実在し始めなければいけない。そうでなければ、文学などやってきても甲斐はないという気持ちが僕にはあるんです。それを戦後の文学の認識と方法の問題、あるいは意識と表現の問題としてとらえ直してみると、どうだろうか?

あなたはさきほど、批評について、戦後はそんなに変わらなかったというようなことをいわれたと思うんです。日本の文学が戦後五十年のたとえば十年ごとにはっきりした差異を発見しうるようなものであれば、僕たちは、戦後の文学について明確にとらえられると思いますが、僕の印象も、日本の文学は戦後五十年、べたっと同じ平面の上でやってきたという気持ちが強い。どのようにべたっとしていたかというと、今いったように、日本の中に閉鎖されていて、普遍的なものに向かって開かれなかった、という思いがある。それは間違っているのか、そうでないかということを知りたい。

戦後の五年間くらいの批評の動きを見ると、やはり目覚ましいですよ。今度平凡社から中野重治のいい評論選集(『中野重治評論集』平凡社ライブラリー)が出ましたけれども、それを読むと、戦争中苦しんで生きてきた男が、戦後の解放があって、そこで哲学から政治すべてについて全面的に責任をとって、新しいリプレゼンテーションをしてやろう、新しい表現のスタイルを達成してやろうとしているのが見える。

中野重治を契機にして考えると、同じように野間宏、堀田善衞、あるいは埴谷雄高、武田泰淳、大岡昇平がそれをしようとしたんじゃないですか。日本近代文学の歴史百数十年を考えた上で、どうも戦後文学者たちは特別だった。あの人たちにもう一度光を当ててよく考えなきゃならないと思うんです。

ところが、翻訳という項目を持ち込んできますと、戦後文学は翻訳されなかった。例えば野間宏は翻訳されていない。大岡昇平は、『野火』は翻訳がありますけれども、そんなには読まれなかった。武田泰淳も堀田善衞もそうでしょう。戦後文学は、普遍的な要素、それも本質的なその要素を持っていながら、具体的には世界に向かって運び出されなかった。

三島さんは翻訳の多さで特別です。しかし三島さんは、普遍的な意味で戦後というものを表現していないと思う。三島さんは、さっきいったように、美的な道を通って出ていった。また、やはり翻訳の多い安部公房は、真実、優れていますし、単に美的なものにとどまらないところもあると思いますが、しかし、日本の現実から切り離して自分の世界を造形しようとする性格があった。特に晩年、彼としての美的なものに近づいて、自分の世界を限ろうとしているところがあると思うんです。『密会』という小説と、『砂の女』あるいは『飢えた皮膚』を比べてみると、次第に社会、日本から遠ざかっていることがあきらかです。

戦後文学は普遍的なものを目指したが、日本の中にとどまってしまった。しかし、同時代の思想家、丸山眞男はしっかりした翻訳もあり、美的な問題を離れて、現に生きている日本人の問題について外国の日本研究者に教えているところがある。日本の文学は社会科学に比べて窪んだところを持っていた。そういうところに、柄谷さんが、むしろ社会科学、哲学の側に近い人間として文学の批評をやろうと思う客観的理由があったんじゃないかと思います。

日本的細部の判断の難しさ

柄谷　僕はアメリカの大学で定期的に教えていますが、必ず丸山眞男を読ませます。それから、坂口安吾の『日本文化私観』を読ませます。これは出版されていないもので、いい翻訳ともいえないいんですが、それでも、これはすべての学生が、丸山眞男の近代主義に反撥する人でさえ、衝撃的に受けとめます。それは、この評論が、ブルーノ・タウトに対して書かれていて、いわば美的対象としての日本という表象を一挙に粉砕するからです。と同時に、普通に生き、考え、悩む人間がいるという当たり前のことを、見事に示しているからです。こういうものは、もっと広く読めるようにしないといけない。そう思って、前から、広い意味での批評――哲学も含むんですが――のアンソロジーを英語で出すということを企画してきたんです。コロンビア大学プレスから出す予定ですけど、そういうものが教科書として最も必要なんです。それは日本の小説を読むためにも必要です。

その場合、何を選ぶかということでいろいろ読んで非常に困ったのは、それまで面白かったと思っていたものの翻訳が難しいということなんです。やりやすいのは、たとえば花田清輝です。この人のものは、一つ一つとっても独立した完成度があるわけです。困るのは、たとえば中野重治みたいな人です。どれかを選ばなきゃいけないとすると、どれも選べない。必ずだれかとの論争とか、今の僕らでも知らないようなローカルな話題が入っていますので、選びにくい。たぶん、長い注をつける必要がある。しかし、それは安吾のもそうですが、小説家のエッセイとして読めるでしょう。一番困るのは、日本の中では普遍的に見えていたのに、いざ翻訳を考えて読むと、まったくローカルに見えてしまうようなものですね。そういうものが案外多かった。

同じことは僕自身の仕事についてもいえるんです。そのままではだめで、自分で加筆しなければならないと思う。読者を外国人と想定すると、たとえば、日本で意味があるかもしれないが彼らに理解できないような瑣末（さまつ）なことを取り除かざるをえない。

ただ、それがいいかどうかわからないんですよ。ある状況においては、瑣末なことが瑣末ではないわけです。それがむしろ重要な場合がある。その判断は容易ではない。今言ったのはすでに書いたものに関してですが、これから書こうとするときに、外国人を想定すると、初めから瑣末なものを削ってしまっている可能性があるんですね。しかし、それがいいとはいえないんです。

僕は、この国で生きている限り起こってくる細かいことにつき合っている文章が、なぜ普遍的でありえないのか、という疑問を持っています。それは普遍的でありうると僕は思う。しかし、そのことをア・プリオリに要求できないと思うんです。だから、僕はいつも分裂した意識を持つ。つまり、二つの系列に分かれてしまうような仕事になってしまうんです。

生き方全体の問題としてのロマンティシズム

大江　普遍的な人間、その文化、その文学ということを考えていて、それが我が国に導入されると、今あなたがおっしゃった捨象とは、逆の捨象が行われるということがあるのじゃないですか。

日本文学、日本の文化を紹介しようとする場合に、細々した日本的な家庭の事情とでもいうようなものは、捨象していけばいいと思うんです。自分の評論などを翻訳してくださる方が「わかりにくいので、ここを除きたい」というのは、大抵そういうところです。それはとってもらっていいという点で、すぐ賛成します。

ところが、一般的に日本の知識人は、捨象してしまうべき細々した日本人の家庭の事情で日本を売り込もうとしているところがあるように思います。信じられないくらいそれはありますよ。

中曾根という政治家がアメリカの政治家レーガンを招んでくる。アジア史的にも一級の重要な局面で三流の人間が二人集まった珍しい例だと思いますが、中曾根は、陣羽織を着て、ほら貝を吹いて迎えたりする。浅利慶太が演出したということですが、大きい文脈の中で切り取って捨象していい要素を拡大して、日本とアメリカの出会いを演出しているわけです。そして、それがジャーナリズムでも大々的に紹介される。

そういうことはやめてもらいたい、ほら貝、陣羽織なしでやってもらいたいと思いますが、それがいろんなところに浸透している。たとえば日本人の俳句が外国人に迎えられていると元大使が大手柄のようにいい、日本の俳人がそれに唱和したりしています。外国に俳句を持っていって、外国人も短い文章で俳句のようなものをつくって、句会というようなこともやる。そこで日本の「わび」とか「さび」とか俳句の季

一九八三年、東京都西多摩郡日の出町にある当時の内閣総理大臣・中曾根康弘の別荘「日の出山荘」で日米首脳会談(「ロン・ヤス会談」)が行われた。このとき、中曾根康弘のパフォーマンスの演出を助言したのが劇団四季の浅利慶太だったと言われている。

題とかを売り出すというようなことは、本当に百年前にやっておいてもらいたかった。しかし、それが現に行われていて、ドイツならドイツ、イタリアならイタリアで、日本文化の最大のページェントであったりする。そういう日本の出し方の現状を、僕たちは承知していなければならない。

そこから反省しますと、日本に外国の思想運動や文学運動を輸入する場合にも、日本人もフィルターをつけて、美的なものだけ輸入しているということがずっと続いてきたように思います。そのひとつの証拠がロマンティシズムの紹介でした。今から十年くらい前だと思いますが、イギリス・ロマンティシズムの日本の専門家たちの会があって、僕はそこに招ばれてちょっと話をした。僕はウィリアム・ブレイクを読んでいたから、招ばれたんだと思います。

そのとき、同じパネルに批評家の磯田光一さんがいられて、日本浪曼派について話された。僕は、日本浪曼派などというものはイギリスのロマンティシズムといかなる関係もない、あるならばどういう関係があるのかと質問して、磯田さんが少し興奮されたのを覚えています。そのとき僕が思ったことは、たとえばコールリッジを日本に紹介する場合、生きている人間としてのコールリッジ、社会に根差したコールリッジ、政治的なコールリッジはすっかり捨象されてしまう。日本では、『エインシャント・マリナー』のコールリッジしかあらわれてこない。

ところが、ウィリアム・ブレイクの研究でも、その規範をなしたコールリッジの政治的な側面、社会的な側面から出発して考えるデービッド・アードマンのような人がいる。昨年だか出た本でいえば、さきにもいいましたが、END（欧州核兵器廃絶運動）、ヨーロッパにおける核廃絶を主導していた歴史家E・P・トムソンの、講演にもとづく生前最後のブレイクについての本がありますが、それはキリスト教のあつかいも社会的にとらえられています。十七世紀のロンドンの小さなセクトとしてのキリスト教徒の異議申し立てが、十八世紀のブレイクに影響しているということを立証した本ですが、ディケンズ伝などを書いた有名な評伝作家のピーター・アクロイドが今年四月に出した本を読んでみると、ブレイクの社会的なバックグラウンドがコールリッジに直接結びついていることを、トムソンを援用してあらためて強くのべています。

社会に生きている文学者の、生き方全体の問題としてのロマンティシズムは、日本では捨象されてきた。日本人が、外国の文学を美の問題として取り扱い、日本文学も美の問題として外国に提出するとなると、いつまでもいつまでも、嫌悪されたり、憎まれたりをするような生きている日本人が、普遍的な場所で検討されることはないと思うのです。

では、それをどのように乗り越えるかというと、二つの方法があるだろうと思いま

デービッド・アードマン David V. Erdman（一九一一〜二〇〇一）アメリカの文芸批評家。著書に、*Blake: Prophet against Empire*, Princeton University Press,1954 他多数がある。

E・P・トムソン E. P. Thompson（一九二四〜九三）イギリスの歴史家。著書に、*Witness Against the Beast: William Blake and the Moral Law*, The New Press,1993 他。

ピーター・アクロイド Peter Ackroyd（一九四九〜）イギリスの作家。著書に、*Blake: A Biography*, Alfred A. Knopf, 1996（邦訳『ブレイク伝』みすず書房、二〇〇二年）他。

す。一つは、現実的な日本人を表現しているものの翻訳を進めていくということです。特に戦後文学の短篇はいいと思います。五十年隔てて戦後文学を読みなおしてみると、戦争直後を生きた日本人の苦しみとか悲しみとか喜びが文学に出ているのがよくわかりますよ。やはり戦後の日本文学は役割を果たしたと思うんです。それを翻訳する。それから、それに対して現在の若い作家や批評家のコメンタリーもあわせる。

もう一つは、今あなたがやっていらっしゃることがそうですが、日本の知識人が外国に出ていって普遍的な言葉で自己表現することですね。そういうことをしなければ、われわれの日本文学は、戦後五十年たっても閉じたままだと思います。そこに突破口をつくるために、普遍的なものを考える哲学の側面と非常に近いところで文学を考えていく。それならば外国人にも通じます。

現場で若い作家たちが五十年前の日本文学のコメンタリーを書くということを思うのですが、しかし彼らはやってくれるだろうか？　優秀な若い作家はいろいろ出てきていますけれども、彼らは現実社会を生きている日本人というものにあまり関心がないのじゃないだろうかと思うことがあります。

文学が意味を持った時代

柄谷　戦後文学をまず紹介すべきだという意見に同感です。先ほど言った美的対象としての日本は、別に西洋圏だけでなく、非西洋圏にも行き渡っているんです。それとハイテク日本のイメージが結びついていることにおいても同じです。それは非常に困る。たとえば、戦争責任の問題ということにかんしてでも、アジアの人たちが日本について知っているのは、日本の政府や官僚や企業、そうでなければ美的表象とハイテク――アニメもその一つです――であって、普通の「人間」がいて悩み考えているという姿はまったく出てこない。そういう時に、それを示すのが戦後文学です。

戦後文学は、美的表象としての日本と戦ったと思います。ある意味で、ファシズムの核心は美学的なものだからです。もう一ついえば、戦後文学は、巨大な極限的なことを考えようとしたと思います。同時に大切なのは、それが卑小なものとともになされていたということです。たとえば、椎名麟三の小説がそうでしたが、トタン屋根で雨の音が騒々しい中で無限の宇宙について考えているとか、存在の革命について考えているとかいう光景がある。戦後文学は、人間が思考において極限まで及ぶと同時に、現実においては全くその裏腹である、そういう落差の中でやっていた文学だと思うんです。そういうものは、もう今の日本にはありえない。しかし、それは、たとえばパレスチナにある、ボスニアにある、中国やインドにある。いわゆるポストコロニアルな国家にはそれがあると思います。

僕は『日本近代文学の起源』を、ちょうどサイードが『オリエンタリズム』を書いていたころに書いていたんですね。僕自身は彼がやっていることを知らなかったけれども、後から見て、平行性があったと思います。ただ、彼は、西欧の歴史的言説がアラビアあるいはオリエントを表象する仕方を歴史的に暴露していくという形でやったのですが。その場合、アラビアは具体的にどうなのかということは一種の物自体として設定されていて、それを語れば必ず表象になってしまうというふうに提示したと思います。

僕は、いってみればアラビアの側から物をいっているわけで、それでもなお西欧による表象をくつがえすことを目指したと思うんですね。しかし、それが英語で出版されてから、予想もしなかったことが起こりました。それは、ここに書いてあるようなことが、われわれのところでも起こったという人たちが、世界各地にいたことです、韓国やインド、トルコはいうまでもなく、ブルガリアから北欧にいたるまで。とすると、戦後文学の経験も、そのように受けとめられる可能性が大きいと思います。たとえば、武田泰淳の作品は、ボスニアの人でも読めるでしょう。現在の日本の状況だけで物を考えている人のものは、逆に、未来においては意味を持たなくなってしまうだろうという気がします。

大江　韓国の作家との会議、それも一番新しい会議ではなくて、あの前に韓国であなたたちがおやりになった会議でのお話と、それに対する韓国の若い作家、評論家の反応がおもしろくて、僕は、そういうことが普遍的な表現への普遍的な反応だと思ったんです。韓国に深く根差しながら普遍的なものをとらえている人たちへ、日本に深く根差しながら普遍的なメッセージが発せられたいい例だったと思います。

僕は、あらゆる国の、あらゆる時代に文学があるということはないと思います。たとえば日本という国が近代化して百二十年くらいだとすると、この百二十年間の日本で文学が生き生きした意味を持った時代は、その中の限られたある期間じゃないかと思う。

たとえば漱石の時代。戦後文学の時代もあるけれども、戦後五十年べたっと日本文学が必要とされていた、日本文学が意味を持っていたというのじゃない。たとえば「群像」などの文芸雑誌が五十年前に発刊されて、『真空地帯』とか、『武蔵野夫人』とか、『野火』とか、ある程度の読者を持つまじめな文学のベストセラーが出たりもした。そういうとき、いわゆる文学は生き生きした意味を持っていた。

「一番新しい会議」とは一九九五年十一月に松江で行なわれた第三回日韓文学シンポジウムのことを指す。第一回は九二年十一月に東京で、第二回が九三年九月に韓国・済州島で開かれた。以下、第三回での柄谷行人氏基調講演冒頭部から一部抜粋（「すばる」九六年四月号）。「私の印象では……この会議は日韓関係の政治的問題を腫れ物のように避けて通る感じがありました。……第一回目の会議では、国家あるいは政治というものを離れて、文学をやっている個人として話し合うことを目指したということができます。……しかし、政治的な問題はけっして避けられません。二度目の済州島で行なわれた会議では、それが突然噴出しました。たとえば、日本の植民地支配によって韓国人がどのように悲惨な目にあったかということが延々と語られることがありました。……日本側の参加者はどんなグループでもなく、ただ個々人の自発的な熱意によってのみ参加したのです。したがって、このときの議論は、旧来の政治的・儀式的会議とはちがって、われわれの間に、よりいっそうの友情をもたらすきっかけになったと思います」

それを、作家の側からいえばどうだろうかというと、自分の文学生活を考えると、本当に文学が必要で意味ある時代に自分が引っかかっていた、それを信じて作家活動をしていたのは、『万延元年のフットボール』のころで終わりじゃなかっただろうかという気持ちがあります。それから後は日陰者みたいな形で、社会の大きい動きとは離れた場所で、忘れられた作家のようにして文学をやってきたという感じがある。それは個人的なものでもありますが、もっと広く、「日本人全体の表現」ということを考えて、そういいうるようなところに文学全体を押し戻すことは、僕ら作家生活を終わろうとしている人間にとっても、努力すべき責務だと思っています。

というのは、今、若い作家たちが、日本人の表現としてまともに受けとめられるような文学環境、出版環境があるかどうかというと、何ともいえないからです。ベストセラーはあるけれど。その点でも、戦後五十年たって、日本の文学の意識と方法、あるいは認識と表現はどのような時代を迎えているかという主題に関心を持つのです。

柄谷 今、『万延元年のフットボール』の時期が最後だったのではないかとおっしゃいましたが……。

大江 僕個人にとってね。

柄谷 それは、大江さん個人にとってだけではなかったと思います。ある意味で、あれは、まさに万延以来の日本の近代のある種の総決算だったんじゃないかと思います。それ以降にやっていくことは非常に難しいものだったと思うんです。たとえば、大江さん以降の作家で二人取り上げると、多分、中上健次と村上春樹になると思うんですが、中上健次はフォークナーの影響を受けたことは事実だけれども、もっと前に、『万延元年のフットボール』の影響を受けています。彼の『枯木灘』は、中上版『万延元年のフットボール』です。村上春樹の『1973年のピンボール』は、明らかに、『万延元年のフットボール』のパロディですね。つまり、大江さん以後の二人の代表的な作家が、『万延元年のフットボール』から始めていること、それを何とか別の形でやろうとしたこと、さらに、大江さん自身が『懐かしい年への手紙』でそれについてあらためて書かれたこと――、そうやってみると、この作品が一つの分水嶺をなすことは明らかだと思います。

『万延元年のフットボール』の想像力

大江　僕たちは、戦後文学の影響を本当に受けていると思います。少年の頃、僕は小説を書こうと思ったことはない。それでも思い出すのは、高等学校の一年生、二年生のときに図書室に行くと、文芸雑誌はないけれども、毎年の「創作代表選集」というのがあったことです。僕はそれをよく読みました。そこで、石川淳とか戦後文学者たち、それから、平林たい子とか佐多稲子とか、いろんな人たちを読んで、文学というものは、現在の日本の社会全体を扱っているものだ、という気持ちを持っていた。

大学に入って、フランス語が少し読めるようになる、英語がさらに読めるようになると、外国文学を読むのがおもしろくなって、同時代の日本文学を余り読まなくなってしまった。それから自分で小説を書き始めた。そのときにもそういうことを自分でいいはしましたけれども、戦後文学を継承してゆきたい、とねがいながら、実際は余りそれをしなかった。戦後文学者は、継承していこうと思っても、僕らのような戦後育ちの二十代の人間が継承できるような、なまなかな連中じゃなかったんですよ。

たとえば椎名麟三という一人の人間は、非常に不思議な生き方をした人間ですし、武田泰淳も野間宏もそうです。生きている人でいえば、埴谷雄高さんもそうです。戦争への二十年、戦後の十年ほどの間、彼らは、日本の近代、現代というものを矛盾を含めて典型的に生きた人たちで、そのこと全体を知っていれば、とても僕など自分で文学をやろうという勇気は出なかっただろうと思うほどです。

結局、前の時代の文学と新しい作家との関係は不思議なもので、敬愛していてもこうした程度のつながりしか持たない。たとえば中上さんや村上さんが僕とつながりがあるとしても、それは子供のときに窓の外でキラッと海が光るのを見た記憶みたいな

『創作代表選集』 日本文藝家協会編纂による文学選集（講談社刊）。第一巻は一九四八年七月に刊行、中野重治「五勺の酒」等が収録される。四九年から六〇年までは年二回刊（第二巻〜第二十五巻）。六一年から七二年（第二十六巻〜第三十七巻）までは『文學選集』と名称を変え、年一回刊。七三年は『文学1973』、以降『文学〇〇〇〇』として年一回刊、現在に至る。

もので、その程度のつながりしかないでしょう。

柄谷　確かに戦後文学の人たちは巨大な矛盾を抱えていました。しかし、それは明治以来の日本の矛盾の総体を抱えているとはいえません。たとえば、彼らは、大江さんが『万延元年のフットボール』で書かれたような民俗学的なレベルにはあまり関心がありませんでした。彼らはある領域を捨象しています。

『万延元年のフットボール』は、一九六〇年の安保闘争が素材になっています。そして、そこに百年前の万延元年が重ねられている。僕は、六〇年の安保闘争は、六〇年代後半の運動とは異質だと思っています。六〇年代後半の運動は高度経済成長後のものであり、また世界同時的なものです。しかし、六〇年のそれは、明治あるいは幕末以来の日本の経験の総決算としてあったという気がするのです。明治以来の、さまざまな落差や矛盾の問題がそこに集約的にあらわれたと思います。

当時大学の一年生だった僕には、そういう意識がなかったのですが、あとからそのことを考えるようになりました。大江さんが『万延元年のフットボール』を発表されたとき、この作品は六〇年六月に日本にいなかった自分の応答だと語ったという話を聞いたことがあります。その話が嘘であったとしても、僕はまさにその通りだと思いました。僕は、六〇年の安保闘争に明治以来の諸矛盾が集約的にあらわれたといいましたが、本当は、あの作品を読んでからそう思ったのです。全共闘のころに「想像力の勝利」というような言葉がいわれましたが、当時、僕はその言葉は『万延元年のフットボール』のような作品について使われるべきだと思っていました。

想像力、つまり、カントがいう構想力とは、空想力とは違って、感性と知性の綜合をなしとげるものです。あらゆる矛盾を想像的に統合するものです。あの時期に、それをなしとげるのは小説以外になかったと思います。そして、それ以後には、小説そのものがそのような役割を持ちえなくなる。ある意味で、『万延元年のフットボール』に大江さんが思われた以上の意味の凝縮性と歴史性があったと思うんです。だから、それ以後は、大江さん自身も含めて、その注を書かなければいけない。大江さんは山口昌男の学問をいろいろ研究なさったけれども、僕は「そんなことは『万延元年のフットボール』に書いてあるじゃないですか」と思いましたね。多分それこそが想像力の仕事だったんじゃないか。我々には、それを改めて理論的に分析していくか、そのパロディを書くことしか残っていないんじゃないかという気がしたんです。

現実生活に無意味なものの意味

大江　僕にとってはね、自分で小説を書くということと、そこであつかったことをあらためてよく理解するということは違うことなんです。小説を書く、そこで自分が考えたこと、考えようとしたことを、ある新しい論文によって教えられるということは、将来自分が書こうとしていること、書けないかもしれないけれども、それを試みることについての意味を教えられることにむしろ似ているんです。ですから、「きみ、この問題はあの小説であつかったじゃないか」といわれたとしても、意味はない。文学の泥沼にいる人間は、哲学という空の高みをいつも見詰めている苦しみと喜びがありますが、単純化していえば、やはり哲学と文学はすっかり違ったものなんです。

あなたのいわれるイマジネーションの問題は、人間の歴史の哲学の問題を考えるとして、たとえばスピノザはそれこそ大きい構想力を働かせた人ですが、大きい構想力を働かせたからといって、何も変わらなかったと僕は思うんです。あるいは、カントが構想力を働かせたことによって、何が変わっただろうか。そして、ヘーゲルが、サルトルがと思うわけなんです。

同時に、もしスピノザがいなかったら、十七世紀のオランダのユダヤ人の問題、またキリスト教徒の問題も、彼らが存在しなかったのと同じように僕たちはすっかり忘れてしまっただろう。あるいは、カントの時代、サルトルの時代についても、と思います。

思想の問題はイマジネーションの問題で、イマジネーションによる統合は現実を変える力を持たないけれども、それがあることによって、僕たちはその時代を記憶する。何にもならなかったことが持っている世界史的意義といいますか、そういうことを思います。

ずっと前に買って書棚に突っ込んでいた本ですが、二十年ほど前にヘブライ語から英語に訳されたゲルショム・ショーレムの『サバタイ・ツェヴィ――神秘主義のメシア』をこの春一ヵ月ほどかけて読みました。ユダヤ教神秘主義におけるメシアという特別な存在が、十七世紀のトルコでどのような大きい動きを――しばらくの間にしても――示したかという研究ですね。

ちょうどスピノザと同時代で、スピノザと文通したイギリス人の手紙にサバタイ・ツェヴィについての記述があります。ガザのネイサンという予言者が、ネイサンに助けられたサバタイ・ツェヴィという躁鬱(そううつしょう)症のユダヤ人が人間の歴史をひっくり返すような大きい事件、すなわちメシアであると予言した。フランスにはユダヤ人が余りいないし、スペインもユダヤ人を追放してしまっているから、そうした国は影響を受けないけれども、ユダヤ人の多い土地はヨーロッパじゅう、全部その影響を受けたわけです。北アフリカもそうだし、中東もそうだし、東欧、ロシアも影響を受けて、メシアが現れると信じられていた。

『サバタイ・ツェヴィ――神秘主義のメシア』
ゲルショム・ショーレム Gershom Gerhard Scholem（一八九七～一九八二）ドイツ生まれのイスラエルの思想家。ユダヤ神秘主義思想の第一人者、ベンヤミンの友人でもあった。サバタイ・ツェヴィについての原著は一九五七年刊。英訳版 *Sabbatai Sevi: The mystical Messiah, 1626-1676*, Princeton University Press は七三年刊。邦訳は、『サバタイ・ツヴィ伝――神秘のメシア』（上・下、石丸昭二訳、法政大学出版局、二〇〇九年六月刊）。

ところが、一六六六年だったか、当のサバタイ・ツェヴィがトルコで突然イスラム教に改宗してしまう。ユダヤ教の救世主であるべき人がイスラム教に改宗して、名前までもらったりした。その彼の棄教が大きい波紋を引き起す。

歴史の事件としてはそれだけのことだけれども、ゲルショム・ショーレムはそれだけで終らせない。サバタイ・ツェヴィの棄教、イスラム化は、イエス・キリストが十字架にかけられて殺された、あの死と同じで、彼は本当の世の中の転換のために今地獄に入っているところだと信じる人がいたりして、それから後、サバタイ・ツェヴィに対する信頼、信仰は延々と続くということをゲルショム・ショーレムは熱烈に書いてゆくのです。

サバタイ・ツェヴィが躁の時に——イルミネーションの時にと書いてありますが——高潮期に考えたメシアの思想、それに対するネイサンという予言者の意味づけ自体はいわば無意味なんです。十七世紀の歴史からは消えているけれども、ゲルショム・ショーレムの本を読むと、その後の影響のことを考えると、じつは十七世紀の世界史の最大の出来事のように納得される部分もあるわけですね。

思想史、文学史はどうもそういうもので、文学者のイマジネーション、文学者の矛盾の統合への努力は、まず現実生活には無意味なものだけれども、別の形をとってそれがはっきりした意味を持つことがありうるというわけです。

柄谷　現在僕たちが持っている世界史は、わりと近年に構成されたものですから、将来において幾らでも書き換えられるだろうと思うんです。そういう書き換えの例としていいますと、十九世紀のアメリカ文学というと、メルヴィルとかホーソンとかを思い浮かべます。特にメルヴィルなんかは巨大な姿として出てきますけれども、当時はあまり読まれていないんですね。

大江　ああ、そうですね。

柄谷　同時代には五百部ぐらいじゃないかと思うんです。世紀末に徐々に読まれるようになっていったのが実情です。その意味では事実上、十九世紀には存在していないのと同じです。しかし、われわれが考える十九世紀アメリカ文学は、彼なしに語ることができません。影響とか意味とかは、そういうものではないかと思うんです。

スピノザは現実を変えたかというと、僕は、現実を変えてはいないが、非常に重要な事柄をもたらしたと思います。彼は、神、自然を持ち出したとき、あるいはその実体ということでもいいんですけれども、いわゆるアリストテレス以後の実体とは意味が違うわけで、「唯一の実体」ということですね。「唯一」というのは、他にあるものに対する一つではなく、とにかくそれしかないということです。僕は、これは歴史的世界のことだと思います。現実的なものはこれ一つしかない。可能世界というのはそこから単に考えられているだけです。すべてがこの歴史的世界に属している。それを越えるような自由な意思、あるいは主体とは、その中で決定されて構成されているにもかかわらず、そのことを知らないために想像されるものでしかない。それは、マルクスやフロイト、あるいはポスト構造主義につながっていったと思います。その意味では、それは明らかに現実を変えていると思うんです。

スピノザからドゥルーズまで

大江　あなたの話の聞きまちがいかも知れませんけれど、出発点としては、僕のスピノザに対する考え方は柄谷さんと逆です。しかし、到着点において、今おっしゃったことに学ぶ点、賛成できる点があります。

有名なスピノザの冗談がありますね。石が投げられるんですが、投げられる石は「今おれは前に進んでいるぞ」と意識しているかもしれないけれども、だれかによって、大きくいえば神の意思によって前へ進んでいる。人間の世界も同じだ、と。

スピノザ式の考え方でいえば、それはイスラムの考え方ともあいつうじるものでしょうが、唯一者としての神、あるいは全体としての神という考え方は何か、それは歴史だと思うと柄谷さんがいわれた点について、僕は反対なんです。それはむしろ反歴史であって、歴史と対極にあるものが唯一者である神、そこからあらわれてきているところの全世界の実在ではないか。

自然と、自然の中に含まれるすべてのもの、僕のようなもののサブスタンスも実在も、全部神という大きい実在のうちにあるもので、自然イコール神であると同時に、神は実在全体に対する認識を持っていて、その認識の一部として僕の認識もあると考えれば、むしろ歴史の対極にあるものだと思います。

ところが、そのような僕たちの実在、神の認識の中で動いて生きている僕たちの実在が、じつは歴史を構成している。そうすると、あなたがおっしゃったマルキシズムも、あるいはポスト構造主義も、スピノザの考え方の展開の中にある。その意味で、僕は決して矛盾しないと思うんです。

それをはっきり具体的に示していた人はドゥルーズです。マルクス主義との関係、あるいはポスト構造主義との関係においてスピノザを考えれば、ドゥルーズはこれからも非常に意味のある人だろうと思います。

僕たちの自由意思と神の意思、あるいは自然の意思というものとの関係、そのズレ、というようなところに文学のすべては存在していると思いますけれど、神ということを考える場合に、これは僕個人の告白ですが、自分の人生も短いし、こういう考え方自体が宗教的ではないにしても、どうしても死ぬ前に神に対する認識というものを持ちたい。神に対して自分をどのように表現するか、自分において神をどのように表現するかということを考えたい。

そうすると、スピノザの「自然全体が神である。そして、神の認識がわれわれの認識のすべてでもある」というのが僕には安心できる出発点で、そこから見渡して、マルキシズムのことも考え、ポスト構造主義のことも考え、個人の責任ということも考えています。

そうすると、人間の自由の問題を、自由が存在しないということと、自由はすべてに遍在するという考え方が両立する考え方としてスピノザを考え、スピノザと同時代のサバタイ・ツェヴィという人の全面的な失敗と同時に、そこに全面的な啓示を考えもし、そして今自分の文学を考えているわけです。しかし正直にいうと、歴史を考える視点が自分には弱いということを一方では思いますね。

柄谷 おっしゃることはよくわかるんですが、スピノザの中に歴史はないという観点を進めていったものとして、ドイツの観念論があります。彼らは皆スピノザを称讃した。しかし、スピノザの著作の中に『神学・政治論』というのがあります。これは『聖書』を歴史的なものとして読む最初の本です。永遠と見えているものが、実は歴史的・自然的な問題を想像的に捉えているだけだと言う。

たとえばアリストテレスだったら、神々の中の本質みたいなものとして神を取り出してくるわけです。そうすると、多に対する一ですね。しかし、ヘブライズムの中では、唯一神はそういうものではない。スピノザは人格神を想像物と見なしています。しかし、神＝世界＝自然＝唯一実体という考えの中には、ヘブライ的なものが入っていると思います。それが伝統的な形而上学、あるいはデカルトの実体論とは異質な点です。スピノザが永遠と呼ぶのは、この歴史的世界を越えるものではなくて、この歴史的世界そのものだと思うんです。

一見すると、それは矛盾するようですが、このような矛盾は、スピノザが自由意思を否定したことについてもいえます。つまり、それなら、彼の行動は、自由な決断ではなかったのか、というような。もちろん、彼の決断は自由になされています。しかし、それは彼がこの世界を越えてあることではないし、さまざまな諸原因によっているわけです。すべてが自然的原因によって決定されているから自由はない。しかし、自由はある。この問題を徹底的に考えたのはカントだと思うんです。いわゆる第三アンチノミー（二律背反）というのがそうですが、彼は、これは第一・第二のアンチノミーと違って、矛盾しないと考えました。彼は、この二つの次元が違うというふうに考えたと思うんです。片一方から見れば、すべて自然に決定されているともいえる。しかし、片一方から見れば自由であるともいえる。永遠と歴史にかんしても同じことがいえると思います。

大江　それはよくわかるように思います。これまで僕は、哲学全体の歴史ということで、どうしても自分としての把握ができなかった。そこで、自分の一番弱いところとして哲学を考えてきた。アリストテレスの全集を読むとしても中村雄二郎の仕事を介してそれを手がかりに読むような独学のやり方でした。カントについては、あなたがお書きになったものをきっかけに、も一度なんとか読む、カントとアリストテレスを結ぶものとしての哲学史を、自分のやり方で人にいえるかというと、それはできない、という気持ちをずっと持ってきたんです。

ところが、二年半ほどスピノザを読んでいると、スピノザを介して、アリストテレス、デカルト、カントという大きい流れがくっきりとつかめるように思います。今おっしゃったカントにおける自由、あるいは神なら神の意思の二律背反ということもスピノザの中にあって、むしろそこからカントの世界が流れ出してきたのじゃないか。そう考えると、アリストテレス、デカルト、スピノザ、カント、そして僕が一番よく知っていることとしてサルトル、そういうふうに自分の哲学史がつながっていく。そして、その展望を横におくと、あらためてドゥルーズの初期の仕事がとてもいい。晩年のドゥルーズとガタリの本のブームのことはよく知らないけれども、フランスのドゥルーズの若いファン、日本の若者たちのドゥルーズに対する熱狂も、哲学に対する熱狂だろうということを思うのです。

こういうふうに振り返ってみると、僕たちは哲学史を自分で再構成することができるし、そのことが、現在の自分の文学、あるいは将来の文学に対する強い力の源になるということはあると思います。あなたが大きい差異というものを感じたとおっしゃったのは、マイナスの意味でしょうけれども、プラスに転化すれば、そういうことではないか。

哲学、社会科学を文学の力に

大江　今、久しぶりに僕は眠れないものですから、ベッドでメルヴィルの『白鯨』を読んでいます。僕が読んでいるテキストはサイードが序文を書いている教科書版で、サイードの考え方もおもしろいけれども、自分でよくわからないところがあると、日本語の翻訳が何種類もありますから、それを取り出してみる。阿部知二の翻訳とか、田中西二郎の翻訳、野崎孝の翻訳、坂下昇の翻訳とある。一番最後は個人訳全集ですけれども、全集版の月報に由良君美などという恐い人が異論を述べたりして、今から十数年前の出版だったと思いますけれども、そこで本当にメルヴィルはわれわれの文学問題として生きているんです。

それを見て思うのは、外国文学研究者たちがメルヴィルを介していろいろと考えたことを、日本の小説家たちが生かしていないということですね。柄谷さんを貴重な例外として、日本でスピノザについて哲学者たちが考えていることを、文学者は生かしてこなかったと思います。そのために、日本のスピノザ研究のひずみといってはいけないんでしょうけれども、僕なんかが不満に思う点としてどういうことが顕在化しているかというと、このところ日本人が書いたスピノザ研究の本を読むと、今おっしゃった『神学・政治論』というか、ヒュームのような人たち、社会契約論へとつながるような政治論、社会論としてのスピノザに焦点が置かれている。

さきにもいいましたが、スピノザにおいてサブスタンスというのはどういうものか、というようなスピノザの一番原理的な思考について日本人の書いた研究は僕には余り見当たらない。それは文学者がやるべきことをやっていないからだ、と思います。

戦争直後、日本の文学者、たとえば野間宏や大岡昇平が、それぞれ違った側面から親鸞に思いを馳せたように、小説家は、日本の哲学者あるいは社会科学者たちが成し遂げたことを文学の側面でとらえ直す必要があっただろう、あるだろうと思う。「群像」のバックナンバーを見てもわかりますけれども、戦争直後には、哲学者や社会科学者の発言がいろいろ載りました。丸山眞男も文芸誌で文学について発言しています。渡辺一夫も発言する、林達夫も書く、ということで、一種の知的共同社会がそこにあったように思うんです。そうしたものが、「群像」なら「群像」という雑誌の出発点を支えてもいた。日本の知識人が、まじめな対象として、哲学や社会科学とともに、文学についても考えていてくれたわけです。

　ところが、現在、どういう人が文学を読んでいるんでしょうね。日本の知識人は文学を読むんでしょうか。コンピューターの本が読まれる、インターネットの本はよく読まれる。『大往生』も読まれる。『「超」勉強法』もよく読まれる。ところが、それこそまあ僕の記憶では千五百部売れた『白鯨』を読んだ同時代のアメリカ人みたいな感じの文学のとらえ方をする読者、あるいは哲学の読者は今いるんでしょうか。それが、今僕の一番大きい心がかりなんですよ。

柄谷　僕はいないという気がしています。先ほど『万延元年』のことをいいました。現在、日本文学の翻訳とかいわれますけれども、今から思うと、六〇年代は英語で日本文学が一番訳されて、しかも読まれた時期です。

大江　読まれたかどうかはわからないけれども。

柄谷　僕はかなり読まれたという気がします。谷崎、川端、三島、安部、大江と年代の違う作家の翻訳が同時に出たわけです。だから、日本文学のブームは実際にあったと思います。しかも、その中で、大江さんの小説はほぼ同時代的で、『個人的な体験』も『万延元年』もそうですが、翻訳が出るまでにそんなに時間があいてませんね。『飼育』や『空の怪物アグイー』のような短篇もポピュラーな雑誌で出ました。

大江 そうです。小説が書かれて五年ぐらいの間にそれらは全部出て、そしてその後アメリカでは全く出なくなったんです。

柄谷 それが日本の現代文学が一般的に読まれた最後ではないかと思います。しかし、今は、日本に小説の読者がいないだけでなく、アメリカにももういないと思うんですよ。

大江 日本文学の読者がですか。

柄谷 いや、文学の読者が。僕が七〇年代の半ばにアメリカに行ったときに気づいたのは、小説よりも批評・理論のほうに関心が向かっているということでした。さっき、メルヴィルのことをいわれたけれども、メルヴィルを新しく読むとか、そういうことは盛んに進んでいるわけです。大江さんは、自分にとって、読むということが書く方に転化していく、またそのようにして読むのだといわれたけれども、一般には、そちらには行っていないような気がする。むしろ、読むということの創造性を試みるというか、そういう時代になったような気がするんですね。

僕は、これがいいことだとは思いません。というのも、実は、理論そのもののエネルギーさえなくなって来ているからです。しかし、これはやはり、経済的な先進国の状態では避けがたい現象だろうと思います。そうでないところはまだ創作に大変なエネルギーが集中されていると思うんですが、それもそう長く続くとは思いません。たとえば韓国でも、経済的な成長と政治的解放が達成されると、それは弱まってくる。もう先が見えていると思うんです。

狂気のような情熱

大江　知的なエネルギーの場所、知的な関心の場所が、文学の創作の場所から別のところに離れて、文学の研究に至る。それから、文学の原理の研究に転化していくということがアメリカでもフランスでもあった。それは、われわれ作家にとっては、一面で、次第に敵がふえていく、自分たちの味方がいなくなっていくということでした。

ところが、そういう時あなたが、ある力を持ったものとしての文学研究というものを引き受けてみようと思った。そして、『探究』なら『探究』という作品で、自分で一つの世界をつくり上げた。その意味はよくわかります。あなたの今度の作品は、二次的な研究、三次的な研究、あるいは二次資料、三次資料としてではなく、小説の翻訳のようにアメリカの研究者が翻訳しているし、それがしっかりもっと若い研究者に受けとめられていることもよくわかる。ところが、一般の大きい勢いとしては、文学の創作の現場から知的関心が離れている。たとえば意識の意識というか、哲学の哲学というふうに、知識人の関心が転化していったように、文学も、文学そのものよりは、文学についての考え方、あるいは文学についての考え方の考え方へと知的関心が移っていったということは、確かに先進国にあると思います。

たとえば韓国の文学を見ますと、やはりまだエネルギーがあります。ただ六月号の「すばる」だったかに、イエス・キリストと韓国の現代の殺人事件を結びつけた小説の翻訳が出たのをきっかけの特集があって、それを読みました。川村湊さんがインタビューしていて、相手の実力派の流行作家は、朝鮮戦争時代に韓国や北朝鮮のいろんな場所でメシアが同時的に出現した小説があって、自分はそれに印象を受けたということをいっている。しかし、その作者の名前は出していない。ところが僕たちは、それがリチャード・キムという作家の『殉教者』という小説だと知っている。三十年も前に同時代のものとして英語で読んだものです。

そして、現在韓国で人気のあるその作家の仕事は、いくらかずさんであると僕は感じました。ところが、リチャード・キムの小説は、僕たちが書き始めたとき、先行する、しっかりした文学だったんです。韓国でも、長篇の場合、大きい読者に受け入れ

「すばる」一九九六年六月号
「特集 李文烈　ソウル発――世界化する文学」韓国で百五十万部のベストセラーとなった長篇『ひとの子』（日本版は集英社刊）の作者李文烈の中篇小説「弟との邂逅」の邦訳と訳者解説、および川村湊氏によるインタビューで構成。

られる文学としての小説が主力になり始めていて、それは僕たちが経験している文学の衰弱を導くだろうという気がします。

ガブリエル・ガルシア゠マルケスは、恐らくこの二十年、ノーベル賞を受けた作家で一番愛されている作家だと思いますが、彼の作品は今度邦訳の出たものまで、どんどん衰弱している。『百年の孤独』もすでに衰弱している。その前の『落葉』が一番いい。現にメキシコで文学研究者と話していると、「『落葉』がよかった」と、彼らは今から二十年前にいっていた。

現在の世界的に大きい読者というものを考えてなのか、ガルシア゠マルケスは、人間を提供するかわりに、形は特別なものだけれども美を提供し始めているという感じがする。僕自身への反省も含めていいますが、あらゆる国で文学の衰弱は強まっていると思います。

しかも、日本の政治体制、社会体制、経済システムは先進国の体制ですから、日本で映画が滅びそうになったのと同じように、小説もほとんど滅びる可能性がある。そうしたときに、これから小説を書いていく若い作家諸君が文学をどのように支えていくか。僕は滅びる船に縛りつけられているような人間としていっているんですが、あなたは、若い作家に対する勧告というか、それはありますか。「おまえたち何をしている。こういうことを考えてくれ」ということがあるんじゃないですか。

柄谷　もしこの状況で本当にやっていくなら、狂気のような情熱が必要ですね。だけど、そんなことを人に要求することはできません（笑）。最近は、若い作家はそういう文学一般の衰退を意識していろいろやっているようですが、本当は、その中でやっていく覚悟がまだできていないと思います。

これはちょっと話が違うんですが、マルケスのことでいうと、数年前ジェイムソンが立教大学で集中講義をしたことがありました。そのとき、マルケスのことで興味深いことを言っていました。ブラジルを除けば、ラテンアメリカの諸国はほとんどスペイン語圏ですね。マルケスがノーベル賞をもらって非常に注目されたわけですけれども、マルケスの成功は、ある意味で、ラテンアメリカのそれぞれのナショナルなる特徴をもった文学の可能性をつぶしてしまった、と彼はいうんです。これはどうなんでしょうか。

大江　フレッド（ジェイムソン）には、スケールの大きい山口昌男というところがあるものね。しかし、彼の言い方は無意味だと思います。スペイン語文学、それにポルトガル語文学を加えて、ラテンアメリカ文学の最隆盛の時期には、あらゆる土地に、その土地を代表するいい作家たちがいました。たとえばメキシコには、『ペドロ・パラモ』を書いたフアン・ルルフォがいた。アルゼンチンにはボルヘスがいた。コルタサルがいた。ブラジルにはホルヘ・アマドとか、いろんな人たちがいた。

そういう作家たちの仕事が、ガブリエル・ガルシア＝マルケスがラテンアメリカを代表する作家として世界的に認知されることで、一時期、背景に沈んでいったという感じはあると思うんです。しかし、それもそんなに長くはなくて、たとえばオクタビオ・パスを読む人間は現在多いし、バルガス・リョサも、政治から彼としての新しい文学の仕事に帰ってこようとしています。僕は彼のようにヨーロッパで信頼されている作家を知らない。個人的にも、これから大きい仕事をする人、と会うたびに感じています。それは石原慎太郎が文壇に戻る、というのとは比較にならないですよ。

このラテンアメリカ文学にくらべてみると、日本文学が世界文学の前景に出ていくということは、これまで全然なかったですよ。それが口惜しいと思う。今、映画の若い作家たちがそれぞれに盛り返しを図っていて、幾らか成功する兆しが見えているように、日本文学も、僕たちは戦後五十年、戦後文学につないでやってきた。そこで、日本文学が陥っている窪みというか、下降傾向を全面的に押し返すような若い作家の仕事が欲しいと思うんです。それも、これから出てくる新人に期待するというのじゃ遅い。今仕事をしている人たちも力を込めて大きい仕事をするということでなきゃ達成されないと思う。

現在の、才能も実力もある若い作家諸君に僕がいいたいことは、滑稽な文句になりますが、小説を書くことにまじめになってくれ、ということです。たとえば村上龍なら村上龍という実力のある作家が、今度の作品を一週間で書いた、というようなことをインタビューでいっています。どんなに偉大な作家でも、一週間でいい作品を書くことはできない。島田雅彦さんも含めて、彼ら未来をになう作家たちに、われわれの先達の戦後作家たちが払った努力の時間と実質というものを考えてもらいたいと思います。

世界と日本と日本人

一九九五年三月七日

「あいまい」という日本語

柄谷　大江さんのノーベル賞講演（「あいまいな日本の私」）を三度読みまして、いろいろなことを考えたわけです。こんな言い方をすると失礼ですけれども、大江さんの講演の中で含意性の一番高いものだと僕は思ったんです。それこそambiguousだと思った。あれはいつごろ書かれたのですか。

大江　受賞が知らされてから時間はあったのですけれど、様ざまに忙しくて、出発する前に英語のテキストはストックホルムに送っていましたが、それを飛行機の中でもう一度訳していました。

柄谷　英語から訳されたんですか。

大江　英語のテキストは、英国ロマンティシズムの大家ですが、駒場の頃からの友人に訳してもらいました。それを新聞社の若い友人たちにいわれてあらためて日本語の定稿にしたり、それとつないで要約したものを作ったり、ということをしていたわけです。

柄谷「あいまい」というのは、最初から ambiguous という意味で考えておられて、日本語で書かれたわけですか。

大江　一年前に同じ趣旨の英語の講演をニューヨークでしていたんです。講談社の野間省一氏を記念する読書室（ショウイチ・ノマ・リーディング・ルーム）がパブリック・ライブラリーにできて、それが開かれた際に「Japan, the dubious and myself」というタイトルで、それも「あいまいな日本」というわけですが、dubious というと悪い意味が強くなるように感じて、そもそも川端（康成）先生の講演（「美しい日本の私」）のもじりですが、今度は ambiguous でいこうということにしたわけですね。

柄谷　なるほどね。僕は授賞式の前に新聞で講演のタイトルを見たとき、「あいまい」というのは否定的な意味でいわれていると思いました。また、そういうことが新聞などに書かれていたという記憶があります。しかし、読んでみたら、全くそうではないという印象をもったわけです。ところが、もう一回読んでみたら、やはり否定的なニュアンスを感じました。そういう意味で ambiguous だったんですね。

確かに日本語で「あいまい」というのは、一般的には否定的な意味で使われると思うんです。英語では ambiguous とか vague とか、ほかにも日本語の「あいまい」に当たる言葉がたくさんありますけれども、僕自身が ambiguous という語をプラスの意味で学んだのは、三十年ぐらい前ですが、たしかボーヴォワールの本を読んでいたときです（本来はメルロー゠ポンティの考えであろう――後記）。

ある言葉の意味はその反対概念から考えるとはっきりすると思うんですけれども、vague の反対概念は clear だと思うんです。しかし、ambiguous の反対概念は、ボーヴォワールによると、ambivalent なんです。日本語ではそれは「両価的」と訳されています。僕はそれ以来、ずっとそのことを考えてきたんです。

例えば、我々の感情はほとんど常に両義的です。愛があれば同時に憎しみがある。愛着があれば同時に嫌悪がある。常に二つの対立的な価値になるものが共存している状態だと思うんです。その場合、ambivalent な態度とは、それをクリアにしようとする、一つの方に決めてしまうということです。

卑近な例でいいますと、「私は東京大学なんか否定する」という態度をとる人は、その分、実は東京大学にものすごくこだわっている可能性がある。文壇を否定するという場合でも同じです。たとえば、ノーベル賞に対する態度などにもそういう ambivalence があらわれます。フロイトが「否定」という論文に書いていますが、ある人が「絶対にそんなことはない」と否定するとき、それはその人が欲望していることなんだというんですね。強く否定することで自分の欲望を語ってしまうわけです。そういうのがambivalentだと思うんです。ambiguousとは、たとえば東大などはくだらないが、ましな点もあることを認めるというような態度ですね。

神経症というのはambivalentなんです。精神分析の治療というのは、それをambiguousにすることだといってもいいと思います。それは葛藤の原因を取り除くことではなくて、たんにそれを知ること、つまり、解決できない状態に自分があることを率直に認められるようになることですね。両義性を肯定できることが「治る」ということなんでしょう。フロイトによれば、人間は、あるいは人間の文化は、神経症的なもので、その条件を除去することはありえない。除去しようとする態度はambivalentです。われわれに可能なのは、そのような条件の両義性を認める態度です。

そこで、大江さんの講演自体が、そのような意味でのambiguityを語っておられるんじゃないかと思ったんです。近代の日本人の経験が両義的であること、これは明らかにそうだと思います。しかし、そこから「癒える」ということはどういうことだろうか。かつても今も、ambivalentな態度があります。かつては西洋や近代を「超克」するという原理主義のような態度がありましたし、現在では、日本を「普通の国」にしよう、つまり、日本の過去を全部消してしまおう、清算してしまおうという態度です。しかし、僕は、「癒える」というのは、その両義性を認めうることだ、そして、その経験こそがユニバーサルだと思うんです。何か最初から結論めいたことをいってしまって（笑）。

大江　いや、そのとおりです。

僕は、語学の授業を中途半端にしてしまって、それからは独学ですから、言葉の語源を、ラテン語とかオールドフレンチとかいうもので確かめていく手続がうまくできないんですよ。辞書で語源を確かめようとしてみると、たいてい言葉の前半はとらえやすい。ところが、後半がなかなかとらえにくいということがある。

ambivalentとambiguousという言葉にしてからが、ambiというのは両方ともラテン語の「ambo」でしょうから「二つの」ということで、それはわかりやすい。ところが、valentとguousとを区別するのは僕には難しいんですよ。guousというのはdriveと書いてある字引があるから、ある方向に行くとか、意図するとか、valentというのは価値があるということじゃないか。

「あいまいな」という言葉を大きい和英辞典で見ると、英訳は二つに分かれます。一つは、「薄暗い、夕暮れの」というような語源からの「ぼんやり」グループ。shadyは「陰の」という意味ですね。dubiousも「薄暗い」という意味です。そして「二つ」グループ。今おっしゃったambivalentもambiguousも「二つ」グループです。two-edged（両刃の剣）という言い方もありますね。

vagueはちょっと特別で、wanderingから来ているようで、うろちょろしている、さまよっているということから来ていると思います。どこにあるか、よく見ていないとわからないというような意味であいまいなんです。

vagueとambiguous、この二つの言葉を議論している人として、キャスリーン・レインというイギリスの詩人がいます。もとより詩は有名ですが、『Blake and Tradition』とか、『Blake and Antiquity』、『Blake and the New Age』という本を書いた人。彼女が、ブレイクは本当にambiguousなんだけれども、vagueであったことはないというんです。

ブレイクの場合は、『天国と地獄の結婚』がその典型ですけれど、両方ともプラスの力、つまり天国の力と地獄の力が等価的なんです。同じ価値を持っていて、その両方とも認める。Aの方からBの方に行ったりはします、あるいはBの方からAの方へ行ったりしますが、両者のいちいちを認めるという態度で、明確です。ブレイク自身、木版の彫り師から始めて、黒い強い線で輪郭をはっきりかかなきゃいけないということを何度もノートに書いています。彼はあいまいなことは嫌いなんです。

僕はいま話をうかがって初めて考えたことですけれど、ambiguousな態度と

ambivalentな態度は確かに分かれると思いますね。ambivalentな態度は、今おっしゃったように、善と認めたことが、実はその人の意識下にある悪へのこだわりも意味しているわけで、だから、心理学はそれを主題にしたわけでしょう。

AとBがあるとして、AはBの否定である場合に、Bをすっかり切り離してしまうことは、必ずしもその人間の治療にはならない。むしろAの中に隠れて反対しているBを発掘して、それを和解させてやることが心理学的な治療なんでしょう。

ところが、ambiguousという場合は、さきにいったとおり価値判断は含まれていなくて、AとBとがあって、AとBが共存するということだけ意味していると思うのです。

もともとこの言葉を日本語でうまく訳した人は山口昌男さんで、彼が「文化の両義性」といったとき、それはambiguity of the cultureということでしょう。意味が二つあるということですよ。多義性ともちょっと違う。「多義的」という言葉もよく使われましたが、僕は両義性という言葉がもっと正しいと思うな。それが二項対立的な構造論の考え方と重なり合っているし、とくに意味があった。二項対立、つまり一つを消去できない両義性ということです。

柄谷さんがボーヴォワールからその言葉を教えられたとすれば、僕は山口昌男から教えられました。そして、山口さんが『文化と両義性』で紹介しているいろんな書物を通じて、自分自身が考えてきたことを整理することができた。そのころから僕は「遅れてきた構造主義者」としてバカにされもしましたが（笑）。

さて、僕は「あいまいな日本の私」として、今おっしゃったように、日本は二つの極に引き裂かれていると思うと提示してみた。それは人間の生きる場所のこととして、また人間の生き方としてよくないと思っています。しかし、それは心の浅い層でそう思っているんです。いわゆる表層的にはいけないと思っている。

もうちょっと深い層では、両義的ということがなければ、人間も国家も成立しないという気持ちも持っています。評論ではあいつはバカで、小説ではちょっといいところがあると僕がいわれるのは、そこに発しているのでしょう。評論はやはり一面的に書こう、整序しようとしますから、両義的なところで引き裂かれていて、その傷を埋めたいと思っていますというふうに話しますけれども、文化という点でいえば、僕たちは両義的に引き裂かれているところが強みだとも思っています。そこを二つともはっきりとらえたいと思うのです。

今度イェーツの詩から vacillation という言葉を借りてきて、『燃えあがる緑の木』の第二部のタイトル（揺れ動く〈ヴァシレーション〉）にしたわけですけれども、vacillate の定義は自分にもなかなか難しかったんです。イェーツの定義を見ると、一つのものともう一つのものとが共存していて、燃えあがっている木と、しずくがしたたっている青い木が一つの木として存在しているように、その二つを人間が持っているというのが彼の考え方です。彼はその詩に vacillation というタイトルをつけているんですけれども、なぜ vacillation なのかと僕はよく理解できないでいました。

そんなとき、気象の専門家の根本順吉さんに新しい本をもらいました。僕はあの学者がずっと前から好きなんです。その本によると、今の気象学の中で vacillation ということがいわれるらしい。三寒四温(さんかんしおん)などがそうで、四日間暖かい気象構造があって、それからゆっくり寒くなるのではなくて、突然パッと寒くなる。それが三日続いて、またパッと暖かくなる。そういう現象が vacillation ということらしい。

僕の感じとしては、A極、B極の二つがあるとすると、ある期間Aの中にいて、突然Bの方に移って、その中にいる。そしてまた突然Aの方に行くという形で生きていくんだと思う。

その点、あなたがおっしゃった ambivalent の定義になぞらえていえば、Aにいながら Bのことをいつも気にしているということで、それは符号をつけかえただけで、符号なしのパッションとしていえば、両方が同じであるというのとは違うんです。

AとBとは別のもので、しかし、それが一つの中に含まれている。日本人の文化、政治体制、日本人の位置づけは、そういう意味で引き裂かれている。つまり両義的だと思います。

柄谷　ノーベル賞講演が収められた講演集の中で、大江さんはユマニスムについて語られ、渡辺一夫とラブレーの翻訳について語っておられた。それからクンデラの小説の精神に関しても言及されていました。僕はこの前クンデラの『裏切られた遺言』を読みましたが、そこで、彼はメキシコの詩人オクタビオ・パスの言葉を引用して、ユーモアは近代に生まれた態度なんだといっている。笑いとか悲しみは超歴史的にあるように見えるけれども、ユーモアというのは一つの態度で、近代精神の発明なのだと。

大江　近代というのは、ルネッサンス以後ということですね。

柄谷　そうです。むしろそれは十九世紀以降に失われると思います。またクンデラは小説とは近代ヨーロッパのものだと言っています。その特性は、善悪といいますか、道徳的なものを括弧（かっこ）に入れられる態度だというのです。そしてそれはユーモアの態度でもあるというわけです。ただし、括弧に入れるというのはクンデラが使った表現ではなくて、僕がフッサールから借りてきた言い方です。道徳的なものがあったときに、それを否定してしまうことと括弧に入れることとは違います。前者がいわばambivalentだとすると、括弧に入れる態度はambiguousですね。ユーモアもそれと関連しています。だから、ユーモアとは歴史的にあらわれた態度だと思うんです。

しかし、僕はそれがヨーロッパに固有のものだとは思いません。例えば、十八世紀末に、本居宣長が「もののあはれ」といったときも、そういうことだったと思うんです。つまり、江戸の体制においては、真理や善が儒学や仏教によって与えられている。宣長が「もののあはれ」によって意味したのは、そういう真偽と善悪というレベルを括弧に入れる態度を養うことでした。そのために『源氏物語』を読む必要があるといったわけですね。それは、真や善、いいかえれば知や意という領域と同時に、美あるいは情の領域があるということを認めることですね。それは真や善の否定ではなく、超越論的というか、現象学的な括弧入れだと思うんです。しかし、国学派はそれを否定の方に変えていったと思います。それは反漢意(はんからごころ)＝排外主義になり、反儒教、反仏教になる。しかし、同時に宣長その人にもユーモアが欠けていたことは否定できないと思います。日本にユーモアがあるとしたら、室町時代ぐらいにあると思うんです。だから、『復興期の精神』を書いた花田清輝なども、室町時代を「日本のルネッサンス」と見なしていました。

そういうことと別に、われわれはつねに世界に対して、真善美あるいは知情意という三つの領域で同時にかかわっています。そのどれかを切り捨てることはできないと思うんです。もし可能だとするならば、それはやはりある領域を切り捨てるのではなく括弧に入れるということです。そのことを最初にいったのはカントです。例えばカントは、美的判断は関心を括弧に入れることによって成立するという。利害とか、実用性とか、そういうものを外したときに、美的な体験は可能である。そしてそれは、利害や実用性を排除するというよりも、より正確にいうと「括弧に入れる」ことです。なぜかというと、その関心はすぐに戻ってくるわけですから。ここにあるコップも、今水を飲むための実用品として使っているわけですね。しかし、それを離れてみると、美的な対象になる。少なくとも、関心を捨てた場合には違って見えるだろうと思うのです。

漱石は『文学論』でヌードの例を出しているんですが、裸体画が芸術として成立するのはそれを性的関心なしに見るときです。しかし、それは関心を「括弧に入れる」ことであって、実際は、性的関心もない人が裸体画を見てもおもしろくないんじゃないかと思うんですね。むしろ逆に、性的関心のある人が性的関心を括弧に入れていることに、芸術的な快楽があるんじゃないかと思うんです。

だから、それはユーモアとよく似ていると思います。フロイトはユーモアについて書いていて、その例として、死刑囚が処刑の日の朝、お茶を飲んで茶柱が立っているのを見て、「今週はついてる」というような場合を取り上げています。一見すると、負け惜しみの強がりに見えますが、そうではないんです。負け惜しみだったら、それを聞いた者は不快になるけれども、ユーモアの場合は笑ってしまうし、かえってそのような相手を尊敬してしまう。両義的なものがあったときに、ユーモアは両義性を認める。つまり、自分の弱さなら弱さを認める。しかし、ambivalentであるならば、自分の弱さを全く認めないか、弱さによってうちひしがれてしまうことになる。

心理学でいうと非歴史的な話になりますが、精神分析も歴史的なものですし、僕はユーモアという態度はやはり近代というかルネッサンス以降に出現した態度だと思います。人間存在の両義性を見いだしたこと自体が、歴史的な認識なんじゃないかと思います。

大江 僕は、ミラン・クンデラのその一番最近の本が手に入りそうになったところで例の出来事（ノーベル賞受賞）が起こって忙しくなったものですから、読んでいないんです。

その前の本、『The Art of the Novel』と英訳されていた――日本では『小説の精神』と訳されたんじゃなかったかしら――あの本が僕は好きで講演に引用したりもしました。僕がクンデラを最初に発見したのは、若いころに『冗談』を読んだ時で、それからずっと忘れていました。ところが、武満徹さんから『笑いと忘却の書』の英訳をもらった。そのあとがきのかわりに、フィリップ・ロスとクンデラの対談が載っていて、それがとくにおもしろかったんですね。もう十年以上も前でしょうか。

そのうちにさきの評論集が出て、対談で話されていたことが全部書かれていました。ヒューモアの問題も、小説の精神の問題も書かれている。近代の問題、イスラエルの問題など、いろいろ大切な問題につらねて。なかでも僕がおもしろいと思ったのは、今おっしゃったヒューモアの問題です。笑いといってもいいかな。

僕は時おり考えてきたんですけれども、笑いは何の対義語であるか、何の対立用語になるか。笑いの芸術というようにいって、それは何の対義語かというと、悲劇の対義語だろうと思ったんです。それもギリシャ悲劇をギリシャ喜劇と突き合わせるという意味ではないんです。悲劇の方は確かにギリシャ悲劇で、ある運命、人間を超えたものの力があって、人間はどうしてもそれと対峙（たいじ）しなきゃいけない、そして滅びる。その人間の態度を崇高に描いたものが悲劇。

それますが、悲劇の定義を日本で一番丹念になさった方は木下順二さんです。木下順二さんはドラマの本質は悲劇だと考えて、悲劇とは運命と人間の抗争であって、人間は勝つことができない。常に負けるものとしての人間と、勝つものとしての、歴史を含めて、人間を超えたものとの間の緊張関係が悲劇、むしろ演劇そのものをなしていて、それはシェークスピアから自分の作品まで来ているといわれている。そのとおりだと思います。

さて、その悲劇に対するものは何かというと、これはあきらかに笑いです。悲劇的な場所で笑ってしまわざるを得ないことがある。お葬式で帽子が飛んで何とかという話がありましたけれども、そのような時でもつい笑ってしまう態度。それがヒューモアの精神で、小説の精神でもある。そういう精神はルネッサンス以後のものだというわけですね。

僕がそうした人間について具体的なイメージを持つとすれば、両義的な二つのゴールがあるとして、その間にひもを渡して、その上で曲芸みたいなことをしている猿をイメージに浮かべます。その猿の態度がヒューモアの態度で、それが小説の淵源(えんげん)であると僕は思っています。

小説はそういう両義性を発見するが、両義性を一つの意味に整理することは必要ではなく、両義性の間で揺れている、ひもの上で芸をしているんです。それは恐ろしいことですし、悲惨なことですけれども、同時に、笑いも誘う。それも、自分自身で自分を笑うこともできる。見ている人間を笑い返すこともできる。そういうものとして、小説はルネッサンス以後延々と続いてきた。それが小説の精神だ、そして近代の精神だというミラン・クンデラの定義に、僕は賛成なんです。

しかし、定義がだれの目にもはっきり見えてくる時代は、そのジャンルが終わる時じゃないですか。ギリシャ悲劇についてもそうですよ。僕には、小説は、自分にとって終わったという気持ちが強いんです。クンデラがいうことをこんなにやすやすとわかる、それも自分の経験に即してわかっているわけですよ。そうすると、正直なところ、小説を書くことはこのままではできないですよ。クンデラもそう感じているのじゃないのかな。

柄谷 七年ぐらい前でしょうか。『懐かしい年への手紙』について僕は書いたことがあるんです。

大江 ええ、読みました。

柄谷 そのときに僕はヘーゲルの『精神現象学』を持ってきていたんです。『懐かしい年への手紙』の最後はいわば「絶対精神」ですね。そこまで行けば、小説という形態は終わらざるを得ないだろうと思ったんです。「最後の小説」ということもそのころ既にいわれていて、今回、小説はもう終ったといわれたことでは、少しも驚かなかったんです。

ただ、僕は別に小説を書いていませんし、さっきいったような両義性ということは、小説という特殊形態を離れても考えられることではないかと思うんです。

大江 具体的にいえば、何について、どういうものにそくして考えられますか。

柄谷 僕は哲学的な領域で考えていますが、さっきいわれた猿の比喩でいえば、キル

「同一性の回帰——大江健三郎」(「海燕」一九八八年四月号)のこと。『終焉をめぐって』(福武書店、九〇年五月刊)に、タイトルを「同一性の円環」と改め収録。のち、このエッセイは「小説という闘争——中上健次の『奇蹟』を読む」(「群像」八九年六月号)と統合し、「近代文学の終り」として『定本 柄谷行人集 第5巻 歴史と反復』(岩波書店、二〇〇四年七月刊)に収録。

ケゴールでもニーチェでも、似たようなことを考えたんじゃないでしょうか。たとえば、有限的であり同時に無限的であるような存在の仕方。カントがすでにそのことを言っています。たとえば、人間は悟性において無限的であり感性において有限的である。そして、これらをつなぐことはできない。人間はその間にいる猿です。

大江　ただ橋をかけることはできて、その上に猿がいるというのは、基本的なイメージですね。

柄谷　カントがいっている総合的判断とはそういうものだと思っています。本来総合できないものが総合されているわけですから。それをキルケゴールもニーチェも別の言い方でいったのだと思います。

ambivalent の一つの例でいいますと、ニーチェを読んだ人の中には、弱者を退け否定して、強者たらんとするというような態度を読む人が多いと思うのです。ナチズムもその意味でニーチェを読んだと思う。しかし、ニーチェは実際に強者ではない。健康ということでいうなら、非常に不健康な人ですね。とてもヒットラー・ユーゲントの見本になるような人ではない。ニーチェが強者といっているのは、実際上の強者とか、政治的な強者では全くない。むしろ、そのような強者になろうとすることが ambivalent な態度だと思うんです。自分の劣悪な卑小な部分を超越しようということですから。それがニーチェのいうルサンチマン（怨恨）の思想ですね。

それに対して彼がいう強者とは何かというと、彼はそれを「病者の光学」と呼んでいますが、いわば克服できない両義性を認めるということですね。ニーチェは、キリスト教は苦痛を罪にしてしまうが、仏教は苦痛を苦痛として認めるといっています。それからキリストは仏教徒だったとも言っています。その意味で、ニーチェがいう強者とは自分の弱さ、自分の有限性を承認しうる者だと思うんですね。しかし、それがいつも ambivalent な態度として読まれてしまう余地があることも事実です。

近代の精神としての小説

大江　小説家は、批評家や哲学者あるいは科学者にずっと批判されてきました。そしてそれはおおむね正しい。小説は凡庸な人間がやることなんです。頭も悪い。経験もない。それはよくわかっているんだけれども、それでいていくつかの小説は、天才たちの仕事に伍して今残っている。

おもしろいと思うのは、ミラン・クンデラが発見したようにやはり小説は近代の精神のものであって、僕の言葉でいえば、二つのポールの間の猿みたいな形で、かなり総合的なものを実現してきた、表現してきたと思うんです。しかもこの小説という表現を通じて得られる認識は、単純なものではなく、なかなか複雑なものです。
本当に鋭い哲学者で、しかも、総合的に全世界を把握しようとするような人、例えばスピノザは、表現と認識の間で天才的な仕事を重ねて、多様な労働を重ねて、総合体をつくり出そうとして成果はあやしいけれども、小説家だと、バルザックにしても、ドストエフスキーにしても、確かな総合体をつくっている。かれらの総合体とは何かというと、ambiguous なものを含み込んだ全体です。しかも、それが一人の経験でもありうるものとして表現したわけですね。やはり小説というものは、この近代で有効であったと思うんです。

ところが、そのなかの大切なものは近代のはじめにすでになしとげられている。よくスターンが『トリストラム・シャンディー』を書いた瞬間に小説の形式ができ上がってしまった、ということをいいますね。ラブレーを僕は注意深くずっと読んできたのですが、ラブレーの『ガルガンチュアとパンタグリュエル』において原始的で初歩的な感じもする物語であるのは最初に書かれた『パンタグリュエル』第一巻、第二巻目として書かれた『ガルガンチュア』の前半ぐらいで、第三の書である『パンタグリュエル』の第二巻、第四の、偽書だといわれている第五の書に至ると、それはもうラブレーのパロディーにすらなっている、ラブレーが発見した小説形式のパロディーです。すでにもう行くところが本当にないんですよ。

『ドン・キホーテ』だって、下巻はとくにすぐれていますけれども、完全にサンチョ・パンサの批判、ドン・キホーテの批判で、あるいはセルバンテス自身の批判となっていて、じつに高度なものですね。あれだけ高度であるということは、もうそれ以上の抜け道はないわけです。

偉い作家はこぞってそうだし、僕程度の普通の作家でも、小説だけ書いて生きていますと、その形式がよくわかってくるんです。そのうち一つの小説を書くと、次に書くのは、最初の小説で発見したことの否定から始めるほかなくなる。猛烈に早くふけてしまう老人みたいに、僕は個人として小説の歴史を早くたどり過ぎたわけです。五十歳になったころ、すでに僕は、小説とはこういうものだという見通しを持っていたように思う。そして、それをもう一回やることには意味がない。本当の興味もありませんし、生き生きした魅力もない。だから、僕はある段階から後ろ向きになってしまったのじゃないか。

いつも前を見て、わけのわからない方向へ向かって書いていく、それが小説です。認識していないものをなぜ書けるかというと、物語るという技術があるためです。そういうわけで、前を向いて書いている分には健全ですけれども、それがいつのまにか後ろを向いて、自分の書いたものを検討しながらやるようになった。つまり自分にとっての小説の終わりというものを書こうとしてきたように思いますね。ですから、読者がいなくなるのも当然なんです。自分としては、それはそれであるおもしろさはあるんですけれども。

そのようにやってきて、とうとう『燃えあがる緑の木』の三部作を書き、自分として小説は終わったと自分にいいましたら、じつに大きい自由な感じがあって、今まで読まなかった小説をどんどん読むことができるようになったんです。かなり時間をかけて。例えば一日に八時間かけて小説を読んでいます。

このところ読んでいるのは、以前バークレーでロレンスの全集といってもいいようなものを買っておいたんですが、それを第一巻から。今『虹』を読んでいるんですけれども、あの小説は時のあつかい、時への対し方が不思議でね。最初の時間の密度では何を書くつもりかわからないんです。小説家が何を書こうとしてこの小説を書き始め、書き続けているのかということが、こちらも小説の玄人（くろうと）であるにもかかわらず皆目わからない。

ところが、読むうちに小説はどんどん進行して、じつに大量な時間をカヴァーして、終わりの方に近づいています。ところどころ自分でもよくわからないところを日本語の翻訳で見ますと、中野好夫さんの翻訳でも、信じられないほど平板です。小説を書く喜びが反映していないんです。逆にいえば、原作にはそれがある。戦争直後の翻訳ですけれども、あの翻訳を読んだら、ロレンスは何でこんなものを書いたのかとみんなわからなかったと思うな。ところが英語の方には、細部に読む喜びがあるんですよ。一ページ一ページが小説を書く人間の喜びに満ちているんです。しかもロレンスは、読者にはわけのわからない方向に向かっているんです。

あれがやはり小説というジャンル自体のエネルギーで、どうもロレンスのころで小説は終わったんじゃないだろうか。僕たちの同じ時代の作家、ギュンター・グラスのようなすぐれた人でも、ガルシア＝マルケスのような人でも、バルガス・リョサにしても、アップダイクにしても、みんなあのようなどこに行くかわからないものをひたすら書かずにはいられぬ喜びは持っていない。かれらに先んじて最初に後ろを向いて書き始めた人はクンデラですよ。前を向いて、ものすごいエネルギーで書いている小説家は、今はもういないんじゃないか。つまり小説というジャンルは終わろうとしているんじゃないか。

柄谷 『懐かしい年への手紙』が出版されたのは一九八七年ですね。僕は天皇が病気になったころに読んで、さっき言ったエッセイを書いたのです。そして、それを後で『終焉（しゅうえん）をめぐって』というタイトルの本に入れて出版しました。この「終焉」は普通は八九年のソ連、あるいはフランシス・フクヤマがいうような「歴史の終わり」の方で理解されるかもしれませんが、僕としては久々に書いた小説論の本だったのです。

そのときに思ったのは、大江さんのものもそうでしたけれども、中上健次の『奇蹟』（一九八九年）も、ある意味で回想しているんですよ。「終わり」から見ているんですね。ですから、奇妙なことにというか、今から思えば当然という感じもありますが、やっぱり八〇年代後半に、「終わり」ということが、個々人の問題とは別に出てきたんじゃないかと思うんです。それはソ連邦が実際に崩壊する前から感受されていたことですね。だから、僕はそれを小説の問題として書こうと思ったんです。

年齢ということ

大江　僕は科学が好きでいて、新しい科学機械に不信の念を持っています。科学機械について子供じみた理論を持っているわけなんです。ある新しい機械が出ると、それについての解説書が手に入るまでは買わない。さらにその本を読んでみると、僕は自分としての問題点を発見するわけです。

たとえば僕は、昔電子レンジができたときに、これは有害な放射能を発するという意見だったんです（笑）。それで買わなかった。しかし電子レンジで白血病になる人もいないでしょう。がんになる人もいない。僕はどうも間違っていたということに気がついて、ことしの家内の誕生日に二番目の息子が電子レンジを買ってきたけれども、僕はそれを認めたんです。二十年以上遅れています（笑）。

そして次はファックス。僕ははじめは信じなかった。ファックスというようなものは、不正確なことになるに決まっていると思ったんです。たとえば、ニューヨークの、それもホテルにいる友達から東京の僕のところにファックスが来るとして、そこには不正確な要素がまじるんじゃないか、という感じ方を持っていた。さらにあるとき一瞬、全世界のファックス網が混乱して、ファックスによって成り立っている産業社会が壊滅するようなことがあるんじゃないだろうかという空想を描いて、それならば僕はそれにくみしてはつまらないと思って、ファックスを買わなかったんです（笑）。

ところが買ってみましたら、確かに間違いの可能性はあったとみえて、新しい製品を見ると制御装置がたくさん付けられていました。その一番多いのを買ったんですが、使ってみると、ファックスで世界を結んで通信し始めれば、人間の知的なレベルは革命的な進展を起こし得るのじゃないかとつくづく思ったんです。

柄谷　でも、大江さん、それは技術的には大分遅れていますよ（笑）。今はもうインターネットの時代です。

大江　ああ、僕はそういうのは遅れているんですよ（笑）。

しかしファックスのレヴェルで考えてみましても、日常生活における科学の進歩の段階でいうと、猛烈なジャンプだったと思うのですけれども。

柄谷　まったく、そうですよ。僕はすぐにジャンプする傾向があります（笑）。

大江　たとえば東京とニューヨークでほぼ同時的に思考することができる。会話を正確にかわして。しかも、証拠もちゃんと残して。そうすると、哲学的対話ですぐれた仕事をする二人組や三人組の天才ペアがやすやすと多様にできると思うな。そしてかれらが僕たちの社会をリードする。それも違った社会間、例えばロシア共和国とアルゼンチンとドイツというような組になって。今まではそういうことは不可能でしたからね。そうやって人間の社会はどんどん変わっています。ところが、社会の生き生きした変化というものはこの世界にはなくなった、そのように僕は八〇年代から感じるようになった。そしていろんなものに興味をなくしたと思っているんです。こういう時代に老いぼれてゆくとなると、小説家はやりにくいですよ。

柄谷　年齢的に見たら、現在の僕は、大江さんが『懐かしい年への手紙』を発表されて、『最後の小説』などを書かれたぐらいの年なんです。だから、時々そのことを考えるんですけれども、年齢というのはかなり大きいですね。

大江　先輩としていいますと、年齢の恐ろしさが身にしみてわかったのは、今までどんなに一所懸命読んでもわからなかった本が、ある年齢のある瞬間から大体わかるようになるということです。さらに僕が心配しているのは、それもわかったと思っているにすぎないんじゃないかと思っているんです。それは進歩がとまったということですね。

僕は、たとえば渡部直己という人にいつも批判されるので、名前をよく覚えているんですけれどもね、大体批判されない批評は、仕事をしている作家にとっては意味がないんです。褒められることは大体わかっています。それは達成していることですから意味がない。どんな批判でも、それは両義的におもしろいんですよ。だから、批判してくれそうな人の名を見つけるとその雑誌を買って読むんです。

そういうわけで渡部さんの評論を読みますが、この前ドゥルーズとガタリの本を読んで、『ミル・プラトー』だったかな、それが本当におもしろくて、ある期間それに熱中して読んだと書いてあって、ピアノでいえば、その変奏みたいな形で文章が書かれて、評論が成立しているんです。

それを読んで、じつは僕もあの本がよくわかったと思ったことを考えたんですよ。そこで自分がわかったと感じているのと、渡部さんがわかっているのが違っていれば、そこを教えてもらいたい。その差異がはっきりすれば、自分の頭がまあまあか、渡部さんと同じか、あるいは渡部さんよりもっと悪いかということがわかるだろうと思うんです。

それで僕の質問ですが、柄谷さんは、あるときから、我はすべての書を読みぬ、という気がして、サイードやジェイムソンも含めた現代作家や思想家の本を、これは新しいと思って生き生きと読む、毎ページ読み取ることが自分にとってクリエーションである、といった読書の喜びは感じなくなったのではないですか。

柄谷 全然ありませんね。

大江 それが年齢ですよ（笑）。

柄谷 でも逆に今は、カントなんか毎日読んでいておもしろいんです。

大江 僕も、スピノザを毎日読んでいてもおもしろいですよ（笑）。あれはどうしてでしょうね。単なるノスタルジアみたいなものというか、一時代置くとおもしろくなるということですか。

柄谷 しかし、昔読んでもよくわからなかったですから、懐かしいも何もない。最近やっとわかるようになった。さっきの話じゃないですけれども、急に全部わかるという感じですよ（笑）。

大江 あれはどういうことでしょうね。

柄谷 実はアウトかもしれないですね。

大江 それが僕の人生の最後の神秘です。そして、僕にはこの次が危ない気がする。超越的なものを読んでいて一挙にわかってしまうときがあったら困ると思うんです（笑）。とくに超越的なものについてその人のいうことに全的に納得できないような人を選んで僕は読んでいるんです。スピノザでも、そう。

ところが、ヨーロッパというのはおもしろくて、超越的なことを確信をこめていう人に対しては、断じておれはあなたのいうことがわからないといって論駁(ろんばく)し続ける人がつねにいますね。例えば、ピエール・ベールという牧師で神学者、哲学者だった人の著作集が、いま翻訳されています。『彗星雑考』とか、大きい『歴史批評辞典』とかを書いた十七世紀の人。僕は全巻を読んだわけじゃないですが、彼の『寛容論集』を読んだら、二段組みで七百ページぐらいあるんですが、大体が聖アウグスチヌスのレトリックに対する反論なんです。

こういうレトリックを神学に用いてはいけないというのがピエール・ベールの言い方で、それはじつに正しいですよ。たとえば子供についての教育の論理を神学に用いてはいけないということを示す。それを読んでいると、いままで頭をずっと垂れて、この数年、アウグスチヌスの前でひれ伏しているようだった僕が、少しずつ自由になっていく。

だからこれからはそういうペアで読もうと思うんです。ライプニッツとペアでスピノザを読む、というように。

柄谷　それが両義性というものではないですか。

大江　そうです。vacillation 的な両義性をいうなら、そういうことじゃないか。僕はスピノザを読んでいて、そうした両義性の生き生きしたおもしろさもほしいわけです。だから、柄谷さんの場合も、いまカントだけを対象としているんじゃないと思うな。対極にあるものがもう一つあって、あるいはそれは自分自身かもしれないけれども、それらの間を行き来していられるんじゃないですか。

柄谷　まあ、そうですね。哲学者でいうと、カントとヘーゲルの間のようなところ、いわば、その間に渡された綱の上で考えたいという感じですね。

大江　でも、僕たちの受けた文学、哲学教育は、全部ダイアクロニックに、時間軸に属して展開していくものとしてカリキュラムがあったでしょう。

柄谷　それは空間的にもいえますね。ヘーゲルは西洋の人だといって簡単に片づけてしまう。僕はそういう時空をとっぱらって考えたい。いまカントとヘーゲルの間に立って、といいましたけど、実はそれはマルクスのことなんです。普通はそんな時間的な配置は成立しないんですが、時空の配置と無関係に僕はそのように考えています。

　僕がカントを読むようになったのは、やはり八九年以後です。それは「理念」の問題と関係しています。たとえば、歴史の理念なんてないんだという人がいるでしょう。というより、あらゆる理念を嘲笑するというシニシズムが蔓延しています。しかし、これは一度、理念に飛びついてそれに裏切られた結果、理念そのものを一般的に否定するという、まさにambivalentな態度です。しかし、僕は、構成的な理念を否定するが統整的な理念を認めるというカントに、ambiguous な態度を見いだすのです。

たとえば、フクヤマがヘーゲルに基づいて「歴史の終わり」ということを書きました。これはまちがっています。しかし、やっぱりそこに或る真実もあると僕は思う。その真実を認めないのは ambivalent な態度だと思うんです。僕はそれを認めます。しかし、同時に、何も終わっていないということも認めるべきだと思います。

大江 フクヤマという人も、アメリカの優秀な学者官僚の陥る落とし穴に入った一人だと思うけれども、かれらはいい発想の論文を書くんです。それは出発点としてはいい論文です。『歴史の終わり』だって、ひとつの出発点として、深くはなくても興味深いものだと思います。ところが、それをもっと一般向けに敷衍（ふえん）していくというか、語り変えて、大衆向きに講演していく、あるいは対談したり、テレビに出たりしていく。するとそのうち凡庸なものになっていくんです。現在のフクヤマさんの仕事で、最初の出発点をすべて否定することはできないと思いますが。でも大抵、そうなってしまう。

ところがあなたがいま読みなおしていられるヘーゲルにしても、カントにしても、巨大な出発点を築いた人ですが、しかもそれを語り変えているうちに凡庸化しなかった巨人たちですね。かれらの同類は沢山いるじゃないですか。ユングだって、フロイ

構成的な理念と統整的な理念
「たとえば、未来社会を設計してそれを実現する。通常、理念と呼ばれているのは、構成的理念ですね。それに対して、統整的理念というのは、けっして実現できないけれども、絶えずそれを目標として、徐々にそれに近づこうとするようなものです。カントが、『目的の国』とか『世界共和国』と呼んだものは、そのような統整的理念です」
（「世界危機の中のアソシエーション・協同組合」『社会運動』二〇〇九年十月刊、『柄谷行人インタヴューズ2002-2013』講談社、二〇一四年刊）

トだってそうじゃないかなと思います。サルトルだって、最初のころの『想像力』は決して悪くないと今でも思います。

柄谷　僕も今サルトルを読み直しているんですけれども、非常によくわかります。

大江　サルトルの『存在と無』の語り方は、あなたは嫌でしょう。

柄谷　そんなことはないですね。というより、もともと初期のサルトルだけが好きだった。

大江　そういえばそうかもしれない。柄谷さんが最初の論文を「群像」に投稿したとき、僕は選者としてそれを読んで、この人はサルトル主義者だと思った。ところが、最初の論文以後の柄谷さんの歩みは、サルトル的な語りを否定していく道だったと僕は思っています。それはどういう道であったかというと、サルトルはその哲学の語り方もとても小説家的で、論文を書きながら物語っていく、そういうところがある人です。

最近、ある文学者の方が僕の書くものを批評されました。褒めてくださったんですが、じつは痛烈な批判でもあるんです。大江の講演集を読んだ、大江の講演は論理的に展開させていく、あるいは論理的な発見を提示していくものではない。論理とは無関係に、物語ることで聴衆、あるいは読者を納得させる力を持っている、と彼は指摘しているわけです。それは本当にそのとおりなんです。物語っていけば、時間は縦軸で進行しますから、最初A極について語っていても、たいした手続を経ずに次はB極を語っていっても語りとしての統一性は保てるんです。それこそ物語ることによってvacillateできるんですね。

確かに僕の講演は、一つの物語を繰りひろげて終わることになります。それはAとBの間にいて、AでもなければBでもない。むしろAでもありBでもあるといって、しかも、ある種の納得を聴衆に抱いてもらえるようにしたいと思っている。自分で話していて、最後に高揚感を持つことがあるけれど、それは物語を語り終わったという高揚感だと思う。

それは、論理的には意味がないんですよ。教室での講義やレクチュアだったら、論理を目の前の図表のように提示しながら展開しなきゃいけないものだと思います。さっきいったことと矛盾してくるような展開になったら、もうおしまいであるというふうにしなきゃいけない。ところが講演は論理的でないことだって物語れるものなんです。ambiguousな態度でいい。

その意味では講演は論文より小説に近いんです。そして小説はいろんなことができるものなんです。A軸の側だった人物が、五十ページぐらいたってB軸の側になっても、それは小説を豊かにこそすれ、失敗ではないんです。

小説の豊かさというものは確かにあるんです。小説の知恵というものが確かにありますよ、クンデラがいうように。自分としてもそれをもう一回掘り起こして、若い小説家に伝えたいという気持ちはありますね。もしこれからもさらに小説が書かれていくんだったらば、その根幹となる小説の精神とはこういうものだといっておきたいと。ミラン・クンデラがやっていることはそういうことだと思います。彼はいま母国にいなくて、本当の母国語の聴衆も若い後継者もいない。だから、ああいう形でパリやエルサレムで一般向きにたびたび語っているんじゃないかな。

環境問題と中国の両義性

大江　柄谷さんは若い小説家のものは読みますか。

柄谷　僕は余り読んでいないですね。自分から進んで読むことはほとんどないです。

大江　僕は送っていただく文芸雑誌を大抵みな読むんですよ。しかし、この人にこそ小説の未来があると強く感じることは最近はないんですね。外国の小説を読んでもそうです。このところ外国の小説を送ってもらうので、英語とフランス語の小説をよく読むんです。けれども、ここに小説の未来があるという感じの小説家はとくにいない。

柄谷　大江さんは小説が終わったという。自分の小説が終わったという言い方をされているけれども、ある意味でグローバルにも終わっているといいたいという気持があると思うんですが。

大江　言う権利も資格もないけれども、自分の考えている小説理論で、終わっている部分があるとは思いますね。

柄谷　僕は余り言わないようにしているだけで、そう思っているんです。それは小説だけではないんですが。自分の生涯の間にこんなにいろいろ起こってしまっていいんだろうかと思うけれども、どうしても世界史がこれまでにない速度で急速に煮詰まっている気がするんです。僕は、ある意味で、今はすごく終末論的な気分なんです。それは昔の大江さんに似てきた感じですよ。僕は今環境問題を考えています。これはもう抽象的な話じゃなくなっているんですね。

大江　それは大切な大きいテーマで、力を尽くしてやるにあたいする、いい仕事じゃありませんか。それをやろうとされるあなたには希望がありますよ。

柄谷　いえ、希望はないので、かなり動揺の多い毎日を送っていますね。

大江　それはきっといい仕事になると思います。

　僕は環境問題について、いろいろな本を読んで、その感想を書いたノートがあるんです。いつも思うことは、たいてい、これは大変なことだとノートに書いているけれども、そのときの方が現在よりずっと状況はいいですよ。レイチェル・カーソンが書いた『沈黙の春』という本があるでしょう。あれをいまから読んでみると、ゆったりしたものです。あの時代からの状況の悪化はものすごいもので、その悪化した中で僕たちは生きているわけでしょう。清流の中で泳いでいた魚が、しばらくたって行ってみると、汚れた澱(よど)みの中でちゃんと生きていたりするじゃないですか。ああいうふうに僕らや子供らは生きているわけですね。

柄谷 今いわれたのは、昔の本はまだ牧歌的に見えるということですか。

大江 終末的感情は昔もいまも同じですよ。状況の悪化について野に叫ぶ態度も同じ。けれども、その対象は、どんどん急速に悪くなっている。たとえば農薬。現在、農薬に対する反省もありますけれども、現存の農薬の全世界の総量を以前と比べると比較にならないです。それでも人類は一応平気で生きている。

それを見ていて僕が思い出すのは、歴史の本を読んでいると、この時代はこんなふうにして終わろうとしているのにその時代の人はみんな平気でその時代で生活し、そして滅びていったんだということです。ギリシャ、ローマ、東ローマ帝国、フランク族、ゲルマンという歴史の流れを見ていると、人類は何度も何度も滅びてきて、そしてニュースターが出てきた。アズテックの人たちにしてもそうです。みんなちゃんとした文明を持っていた。ところが自分たちの文明が終わっていく、世界は滅びつつあるということを認識していながら、どうしてそこから引き返さずに、あるいは恐怖に打ちのめされることなく、全体が発狂することもなく、終末を受けとめるのか。あれはどうしてなんだろうというのが、僕のずっと前からの疑問でした。

そういうことを書きたいと思って、『治療塔』という小説を書いた。第三部では、みんなが滅びようと日常的に納得してしまっているどうにもしようがない状態と、そのなかでの抵抗を書いて終わろうと思ったんです。ところがそれを書く気力を奮い起こすことが大変で、結局、書かなくなってしまったんですけれども、かわりに今度の三部作（『燃えあがる緑の木』）に中心的なイメージを導き込んで終わることにしたんです。

人間はどのように滅びるかという歴史の本をいろいろ探していて、僕が好きな話の一つは、小カトーが、シーザーの軍隊の接近によってついに自殺せざるを得なくなってしまう、あの物語です。ダンテの煉獄を守っているカトーですね。それを『プルタルク英雄伝』で読むと、一つの都市が滅びる、文明が滅びることを、人間はこのように許容するものか、このように引き受けるものか、ということがよくわかります。

カトーは、自分の都市が敵軍の手に落ちそうになると、みんなを船で本国の方に逃がしてやるんですよ。できる限りの数を逃がして、若い人は逃がして、逃げられない者だけ残る。それはしようがない。そして、宴会をしてみんなで楽しんでから、彼は自殺するんですけれども、そのときに「おれの剣はどこにある」というと、奴隷が正直にいわない。そこで、怒って奴隷をぶん殴るんです。日頃、彼は人を殴ったりする人じゃないんですよ。口を殴ったものだから、向こうも傷ついていますけれども、カトーも手をけがしてしまう。そのあげく剣を持ってこさせて、自分の剣でおなかを切り裂こうとするんですけれども、手が負傷しているためにうまく死ねないんです。

それに気がついた人が来て、医者の友達が腹を縫い合わせました。そうしたら、みんなが立ち去るのを待って、今度は両手で縫合した糸を切って臓腑を引きちぎって死ぬんです。

プルターク英雄伝には、人間はこういうふうに滅びるのかということが書いてありますよ。今まで人間は何度もそうした歴史を書いてきた。僕は死ぬ前に、そういう話をまとめて読んでやろうと計画しているんです。現代の文明は、今おっしゃったように滅びつつあるわけですね。それに対して、僕たちは果敢な抵抗というのでもない、きわだった死を選び取ろうとするのでもなくて、どんどんそうした絶望的な状況になれていっていると思う。

柄谷　滅亡ということでいいますと、武田泰淳は滅亡というものをずっと考えていた人じゃないかと思うんです。プルタークじゃないけれども、司馬遷の『史記』はそういう滅亡の姿をとらえたものでした。武田泰淳は『司馬遷』を書き、そして、実際上海（シャンハイ）にあって日本帝国の滅亡に遭遇しました。それによって彼は小説家になったといってもいいだろうと思います。その武田さんがあるエッセイで、日本人は滅亡に関して処女のようなものだけれども、中国人はしたたかな経験豊富な中年の女であるという言い方をしているんです。

しかし、非常に皮肉な感じがするのは、八九年以後に、その中国の経済発展がまさに滅亡の原因をつくり出しているということです。ここにはどうしようもない両義性があります。なぜかというと、中国の経済発展に反対することはできない。それは歓迎すべきことです。しかし、その発展は人口からいって桁違いのものですから、グローバルに影響する。我々はそれに反対することはできないが、それを受け入れることもできない。政治的にも非常に危ない状態になるんじゃないかなと思っているんです。

大江　最大の問題は何かというと、人口の問題ですね。やはり二十一世紀前半ぐらいに僕はある焦点を当てておきたいんです。自分の子供たちが死ぬころまでということになります。人口が今のままふえていけば、食糧の問題を考えても、逃れられないような形で世界はデッドエンドになるに決まっている。人口の問題があらゆる終末論、あらゆる環境論、あらゆる未来に対する考え方の一番大きい柱です。人口と資源といってもいいかもしれない。

中国は人口が一番大きいところで、常にふえ続けているわけですから、人口の問題を考える場合に中国を切り離すことはできない。心を安らかにしようと思えば、中国から目をそらすことができるだけですよ。ところが中国は驀進（ばくしん）している。さらなる経済的な発展、成長ということが行われると、非常に巨大な人々が巨大な資源を使っていくことになりますね。

今までは環境的なことで、たとえばインドネシアの森林開発に対して日本の介入を批判するとか、ソビエトのシベリアにおける野蛮な開発の仕方に警告を発するというようなことをアメリカがやってきましたけれども、その話がいつもある種の滑稽さをはらんでいたのは、資源を最大に使っている国はアメリカですから、資源を食いつぶす者として、彼らは選手権を握り続けてきたわけで、だから、諸悪の根源はアメリカにあるとみんな安心していたからです。しかし次に、もし中国で資源の異様な浪費が始まれば、人類の終末までの時間は短くなると思います。

文学でいうと、中国の場合、非常に貧しい区域があって、その貧しい区域の中で苦しんで、しかもユーモラスに生きている人たちの文学が、新しい文学の主流でした。『古井戸』の鄭義（チャン・イー）も、さらにグロテスクな魅力のある莫言（モー・イエン）の文学もみなそうだった。チベットの文学も、中国における後進地方の文学が、世界の文学の未来を指していた。

ところが、それがどんどん衰弱していって、中国の都市文学に画一化されていくという感じが今はある。政府の弾圧もある。そういうことを思うと、中国は文化的にも、経済的にも、人口の問題でも、地球に最初の赤信号を出す場所かもしれないという大きい不安を持ちます。それに日本はすでに加担しておりますしね。

歴史の反復と「理念」

大江　それと考えあわせると、世界が滅びる前に日本はどうかということになりますが、僕は日本は、経済的にいっても文化的にいっても、やはり滅びつつあると思うんです。それに対して、日本という国も生き延びなきゃいけないといえばナショナリズム的な響きがするかもしれませんけれども、僕としては、やはり日本という国、日本という文化が二十一世紀に生き延びてもらいたいんです。

柄谷　ただし、大江さんの言葉でいえば、ディーセントに生き延びることですね。あるいは、ディーセントに没落するということ。

大江　そうですね。そうした流れのなかで深い役割を果たす国と人間であってもらいたい。

これから二十年か三十年の間に、日本の大企業はすべて多国籍企業化すると僕は思うんです。その意味では、とくに経済の担い手にとっては、日本は滅びたっていいんです。労働力は中国に、アジアにある。市場もある。だから、日本文化なんてものはどうでもいい。彼らは英語を使って交信するはずで、日本文化については余りまじめに考えなくなっていくだろう。日本語の文化を守っていこうとする人たちが少なくなっていくんじゃないかと思う。

柄谷　経済でいうと、確かに資本の多国籍化は進んでいますが、産業資本主義はどうしても国民経済というものに依拠しているんですね。国民経済と断ち切られたところで存続できるとは思えないんですよ。これは産業資本主義そのものの「両義性」だと思います。それは一方では、多国籍あるいは無国籍的な本性をもっていますけど、同時に商人資本と違って、国民経済と無関係にやっていけない。この両義性をさしあって解決するのが地域主義ですね。戦前のファシズムはそういうものでした。たとえば、ナチズムは多国籍企業にユダヤ人という名前をつけて排撃しました。しかし、同時に、それは狭いナショナリズムではすまない。ドイツの資本そのものが多国籍的だからです。そこで反ユダヤ主義＝アーリア人優越主義が国際概念として機能します。それによって、第三帝国というか「広域」の統一を志向することになる。日本の場合は、大東亜共栄圏でした。

この状況は、今でも本質的にかわらないと思うんです。違いがあるとしたら、われわれがすでにそのことを経験しているということです。もちろん、経験があるにもかかわらず、同じことを反復してしまうことはありえます。というよりも、その可能性が強いんです。しかし、僕はそこでカントのことを考えるんです。

カントという人は基本的に歴史の問題を考えていた人です。「批判」の中では論じていませんが、フランス革命の前後に仕事をしているんですから当然です。彼は、今までの歴史を振り返ってみた場合、一応前進してきているのではないかというんです。もし文明が進むにつれて悪化しているように見えるとしても、それは近いものほど欠陥が見えるのと同じだ、と。もしこれまでの歴史に進歩があるならば、今後においてもそういえるのではないかとカントはいうんですね。それを彼は歴史の「理念」と呼ぶわけです。歴史に目的があるとはいえないし、歴史を理念通りに構成することはまちがっているが、そういう「理念」が統整的に機能するのではないかというんですね。いいかえると、そのような見通しを持つことが、我々をいい方向に導くんだということです。僕はこれは素朴な楽天主義ではないと思います。

神戸の地震がありました。僕は実家が尼崎にあってだいぶん壊れたものですから現地まで行ったんですが、何かそういうことを考えました。いろんなことがいわれているけれども、たとえば、関東大震災のときに比べれば、人々の振る舞いはやっぱり

「進歩」しているんじゃないか、と。それは戦争をふくめてさまざまな経験から学んだからですね。

　そうだとすれば、中国で、あるいはインド・インドネシアでもそうですが、今急激に消費社会に入って熱狂しているかもしれないけれども、それをすぎれば、こんなことではダメだと身をもって経験していくんじゃないか。そう思うと楽天的になれるんですけれども、次の日にはまた悲観的になります（笑）。だから、大江さんの言葉でいえば「祈り」というべきでしょうが、理念が統整的に働くとカントがいっているのは、多分そういう意味なんです。何かの理想で人を動かすとかいうことじゃない。例えばカントは、「我々は何々すべきである、ゆえにそれは可能である」というような奇妙な言い方をしています。こういうことは昔は考えたことはなかったんですけれども、最近はそう考えるよりほかにしようがないという気持ですね。

大江　僕たちも日本人として、消費社会の中でこれではいけないと本当には思っていない。それはアメリカでも、フランスでも同じ。それをインドや中国に期待することはできないんじゃないですか。

柄谷　できません。僕は今後に人類の半数以上が死ぬのではないかと思っているわけです。しかし、どういう人間が死ぬかというと、やっぱり第三世界の人間です。それは、考えるだけで暗澹（あんたん）たるものがありますね。

大江　ずっと前のコメディアンで、夢も希望もないという人がいたけれども、ほんとうに夢も希望もないなあ……。

世界言語の可能性

大江　僕は日本の文化的な意味がなくなっていくんじゃないだろうかと、大いに悲観的なことをいいましたけれども、もちろんそうであることを望んでいるわけじゃない。新しい講演集の中の一つ（「世界文学は日本文学たりうるか?」『あいまいな日本の私』所収）でいってることですが、世界言語みたいなことを僕は考えているわけです。

僕の夢として、まさにあるべきであるからあり得るだろうと思うことは、世界言語ということなんです。そういうと、エスペラントみたいなものかといわれるんですけれども、そうじゃないんです。むしろ僕は言語というものは本来ナショナルなものだと思っています。ですから、ある文化圏のもので、日本でいえばアイヌ語、琉球語、日本語というふうに細分化してもいいんですが、ある民族の言語というものがある。それが重要で、特に文学はそれがなければ生き続けられない。

同時に、ある言語を持った人間が、それをほかの国の言語、僕が仮に考えているのは英語ですけれども、英語に翻訳して、いい伝達のされ方をするような表現が日本語でできていればいい。あるいはトルコ語でできていればいい。フランス語で、チェコ語でできていれば、そのとき世界言語が達成されていると僕は考えるんです。自分の言語で書いたものを持ってきて、共通の言語に直せば完全な理解と共感が生じるということだったらば、みんな協力してその言語に訳せばいいんですよ。もともと訳し得るような表現をしていく。それも自分たちを生かす方向で、しかも普遍的であるような言語をめざす。

ミラン・クンデラはチェコの人だけれども、今フランスにおいて世界言語みたいなことを達成していると思いますね。ブロツキーの英語もそうです。かれの英語の詩を読んでみて、ひだひだまで非常によく理解できます。ところが、日本人は外国人になかなか理解できない言語、つまり世界言語とはまったく逆の言語を使っていて、それが日本のジャーナリズムを支配しているとも思うのです。

「マルコポーロ」事件というのがありましたね。あれはそのひとつの典型です。「マルコポーロ」という雑誌を全部英訳してアメリカに伝えようとしている、そういう基本態度があれば、ああいう記事は載らないでしょう。しかもこの国で栄えているけれど外国に通じない論文は、反ユダヤ主義者の論文だけじゃないですよ。

「マルコポーロ」事件
文藝春秋発行の月刊誌「マルコポーロ」一九九五年二月号に、医師・西岡昌紀氏執筆の記事「戦後世界史最大のタブー。ナチ『ガス室』はなかった」が掲載・発売されると、アメリカのサイモン・ウィーゼンタール・センター、駐日イスラエル大使館等が激しく抗議、大企業を巻き込んでの広告ボイコット運動にまで騒ぎは拡大、文藝春秋は雑誌を自主廃刊にした。この事件は関係者それぞれの主張の食い違いや、言論の自由、歴史認識問題等、さまざまな議論を呼んだ。

たとえば西尾幹二の論文を見ますと、あなたはドイツ語の学者なんだから、一度でもいい、ドイツに行ってこの趣旨の講演をドイツ語でしてみよと僕はいいたいんです。あるいは渡部昇一に、あなたは英文学者なんだから、イギリスに行って、あるいはアメリカに行って、あなたが今書いているこの論文をそのまま英語に訳して、みんなの前で講演してみろと僕はいいたいんですね。そういうことをやるということはまったく不可能であるような言語世界を彼らは構築しているんです。それが「諸君！」だし、「正論」なんです。世界言語になることをあらかじめ拒否した文章を書いて、それが文壇あるいは論壇で力を占めているのは、日本だけですよ。

大江は英語で話して世界に恥をさらした、とやはりこういう雑誌のひとつの「新潮45」にかつてNHKと国連とに勤めたという大学の先生が書いていたけれども、僕はその人も本当に外国語が話せるなら、外国で恥をさらしてもらいたいと思うんです。恥にしても一つの表現ですから。日本語で書きながら、世界言語でもあり得るような表現を日本人がしていく、とくにこれからの若い人たちがしていくことを僕は心から望んでいます。

彼らももちろん日本語で書いてゆくわけですけれども、ある日、その原稿を持って亡命して、アメリカに行って出版しても、貧しい生活なら送れるような、しかも、それが亡命できない幾多の日本人の表現でもあるようなものをやってもらいたい。

柄谷　僕自身は、日本人がこれまで実現し経験してきたことをなるべく外に伝えたいと思っているんです。そういう意味ではナショナリストですね。

今西尾幹二とか、概して保守的な側の人のことでいわれましたけれども、そうではない人たちについても似たようなことが言えるんですよ。つまり、外国語でやった場合には通用しないことが書かれているということです。そういう文章は僕がやっているような雑誌にもあるんです。どういうことかといいますと、さきほどいわれたドゥルーズでも何でもいいですが、そういうものを論じたり理論を借りたりしているような文章をフランス語に翻訳するとどういうことになるか。まったく価値がなくなってしまうんです。

僕は「批評空間」の英語版を出そうと思っていて、それは出版社から配給、翻訳陣という面ではすべてうまくいっているんですが、ただ一つ困るのは、というより、それが最も困ることですが、英語に訳して載せられるものが少ないということです。それはローカルな対象をめぐって書かれているからじゃないんです。ユニバーサルに書いたつもりのものがほとんど無意味なんです。これは外国では読まれないと思って書かれているんですね（笑）。読まれると思ったら決してしないような書き方で。

大江　ええ、そうなんです。

柄谷　僕は、常に世界で読まれていると思っています。それは「マルコポーロ」が読まれるのと似たような意味です。つまり、多くの人が読むなどと思ってはいない。しかし、誰かが、そしていずれは読むということを想定している。たとえば、誰かが僕のことでケチをつけようと思えば、外国人でも日本語で書かれたものも読もうとするでしょう。ポール・ド・マンの事件がそうでした。彼が二十一歳のときに書いた論説が見つけだされた。何十年たってもそういうことはあり得るわけです。誰も読まないからごまかしがきくなどということを、夢にも思ってはいけないと思うんですね。ここだけの話だが、という言い方はできないと思う。

日本の政治家はそれが通ると思っているから、しょっちゅうぼろを出すわけでしょう。しかし、政治家だから注目されるけど、他の連中はたんに注目されないだけで、同様にぼろだらけです。しかし、誰かが必ず見ていると思うんです。実際に見ている人自体が問題ではない。サルトルがいうような他者の眼差しがあるんです。それを消すことはできない。外国語に訳されることを考えてなかったとしても、そのような覚悟で物を書いて来た人たちはいるんですね。カフカの『審判』じゃないですけれども、いつ、どこに呼び出されても、申し開きはできるように文章を書く必要があります。

さっき僕は世界資本主義といっても、国民経済はなくならないと言いました。世界貨幣というものはなくて、たとえば、アメリカ合衆国の貨幣であるドルがその役割を

ポール・ド・マンの事件
ガヤトリ・スピヴァクらの師としても知られるポール・ド・マンPaul de Man（一九一九〜八三、ベルギー出身のアメリカのポストモダンの批評家、思想家）が、ナチ占領下のベルギーで書いた親ナチ・反ユダヤ的な内容の論文が、ド・マン死後の八七年に発見され、スキャンダルとなった事件。

するだけです。言語も同じで、世界言語はなくて、どこかの国語がそのように機能する。英語を国語にするのは一国だけではありませんが、それ自体、イギリス・アメリカの政治・経済的な世界支配のなかで広がってきたものです。そういう不愉快さはありますが、僕自身は英語に依拠するほかありません。

大江 それはそれでいいと僕は考えているんです。ドルと比喩的につないでいうと、英語とほかの国の言葉との市場の中で、その場合に、ドルの値段がどんどん下がってドル安とよくいうでしょう。円高、マルク高、それとの連想でいうと、英語安・日本語高という状態がいつの日か出てくるかもしれない（笑）。英語が特権的にいばっているわけじゃなくて、それと対等に交換されて、翻訳される日本語の文学の力が強くなって、今週の英語の値段は九十七円ぐらいになったりする、ということが本当にあるかもしれない。そうならなくても、特権的でない英語があればいい、将来に。

そういうふうにできるだけほかの国の言葉と、世界的に通用する言葉が共存すればいい。ルネッサンス期のラテン語がいい例ですが、ラテン語が流通している社会だからといって、ラテン語でない言語の文学が成立しないかというとそうではない。たとえばフランソワ・ヴィヨンという詩人はフランス語で書いていたわけです。そのフランス語の詩の値打ちは、同時代で認められなかったとしても、何世紀かたつと完全にフランス全体を覆うものとなっていった。

ああいう感じで、英語を共通語として認めて、その上で各国語をどんどん翻訳するシステムができ上がっていけば、それぞれの国の文学、たとえば韓国の文学、中国の文学、日本語の文学は大きい場所に進み出うると思うんです。それは現になされつつあるといっていい。

カズオ・イシグロに続く者は

大江　ところで僕はみんなにそのことを聞かれるんだけれども、「噂の眞相」などを見ると、大江は英訳が多い作家だ、英訳をたくさん出して、国際的な評価を得ようと涙ぐましい努力をしたという記事があるんです（笑）。しかしそれはね、事実として基本的に間違っているんです。

僕は、むしろ三島、安部というような作家に比べれば、英訳の少ない作家の一人でした。三冊しかなかったんです。なぜかといいますと、若い頃大きい出版社との契約の可能性があったんですけど、相手に英語圏中心主義みたいなことを感じて、僕はそれが嫌でした。それで対立してしまって、別の出版社を選んだということがありました。

それから、日本で有力な日本文学研究者世代があって、その人たちを尊敬してはいたけれども、もっと若い研究者たちと積極的な関係を持ちたかった。だから、僕はいわゆる偉大な日本文学翻訳者からは翻訳されていません。自分と同年代の友人に翻訳してもらったわけです。

ところが、いつの間にか日本語を読む研究者がふえてきたんです。アメリカにも、またフランスにも、ドイツにもロシアにも。そういう人たちは日本語の本を自由に読んでいます。柄谷さんの本も同じ。あなたの本は、もしかしたらアメリカで最も読まれているかもしれないと僕は思うときがあったくらいです。そこに立って話をしてくる研究者の顔がいくつも浮かびますよ。

アメリカの語学教育システムはいいんです。そういう人たちが次第にふえて、つまり翻訳がなくても知られているということがあるんです。だから、今度もらった賞も、僕は翻訳なしに読まれてきたことの積み重ねもあってもらったと、自分では考えているんです。今後も研究者はふえていきますから、日本語を読んでいる人は世界に増加しつづけるわけです。

ところがさっきの「マルコポーロ」の話とつながりますが、日本の国内の書き手、とくに批評家たちはね、日本人にしか読まれないという前提で書く人がじつに多い。しかも、二つの点がそういう人たちの力点となっています。

一つは、一般の日本人は知らない外国のイディオムを使って、メソッドを使って、読者に教えてやろうとする書き手がいます。これは外国語のもとに戻せば何でもなくなりますから、それこそ外国語へ翻訳しても無意味。

もう一つは、外国人は読まないからと、意識的に外国に背を向けて書く。そういう人の文章がある。ここに日本語を読むフランス人、イギリス人、朝鮮人がいたら、僕はその三人に向かってどうしても顔を上げてはいられないという論文が、毎月書かれているんですよ。新聞だってそうです。それは驚くべきことです。もちろんね、アメリカにもフランスにもタブロイド判みたいな小さな新聞で、今でも日本人は下駄を履いて、反っ歯で、毎日うどんを食っているみたいなことを書いている人は幾らでもいます。

ところが、日本はそれがいわゆる一流ジャーナリズムの大半部分を占めているんです。それを若い人たちに改良してもらいたい。若い編集者が、また作家が自分らのジャーナリズムを世界化する必要があると思う。

柄谷　僕の経験では、やはり英語に対するambivalentな態度が日本人にあると思います。とくにインテリのなかにあります。フランス語とかドイツ語のほうが上等だと思っている人が多い。最近はその傾向が消えつつありますけど、国際会議などをやろうとすると、英語でやれる人が少ない。これまでのところ、英語ができる人は知性が足りない（笑）、ということもあります。

しかし、英語は別に英語を話す国民だけでなくて、そうでない人たちと交通する場合に不可欠だし、むしろいい関係を作れますね。こっちが向こうの言語を学んだり、向こうが日本語を学んだりするという関係の場合には、何となく支配－被支配関係のようなものが出てきますから。第三の言語だとそういうものがない。

たとえば、各地から日本に来ている日本文学研究者たちが、たまたま僕の家とか大学で会ったりすると、互いに日本語で話している。ドイツ人と韓国人とアメリカ人が日本語で話し合っている。だから、局所的には、日本語が国際語になっているわけです。

大江　これだけ戦後五十年間をがんばって、日本人は、英語と日本語で国際関係をやってきたわけでしょう。経済関係はもとより、映画もテレビも英語のものを見るし、英語の学校はたくさんあるし、実際に多くの人が英語で話していますよ。それでカズオ・イシグロみたいな作家が出ないのは不思議ですね。戦争中、アメリカには日本人で英語を書く人が何人もいたわけですね。ハワイにもいろんな作家がいました。それがどうして日本にいまいないのか。

イシグロの果たした役割は、僕は非常に大きいと思っているんです。今度もイギリスに行きますから、イシグロさんにちょっとお会いして、話をするはずです。もちろ

カズオ・イシグロ（一九五四～）長崎出身のイギリスの作家。五歳のときに渡英、八三年、イギリスに帰化。二〇一七年、ノーベル文学賞受賞。小説に『日の名残り』『わたしを離さないで』他。

ん彼はイギリス人ですが、イギリス人のイギリス語を相対化する、イギリス人以外の人間がたくさんいるでしょう。ナイポールとか、ラシュディとか、ああいう作家の一環であると同時に、日本人も研究を重ねれば、英語でいい文章を書き得るという希望を与えるものではないだろうかと僕は思っているんです。

さらに半分日本語で書いて、半分英語で書く人が出てきたらおもしろいと思っています。だから、柄谷さんの雑誌に書いている水村美苗という人に僕は興味を持っているんです。

柄谷 彼女は英語で書くという気持はないでしょうね。もともと英語から逃れようとすることが書くことの動機になっているから。

大江 それならば日本語で書いて、研究者と一緒に共同で頑張って、それを英語にしていく、自分の翻訳を出していく若い作家が出てくるといい。

とにかく、現在の日本人の文化は、戦後すぐの文化と比べてみれば、妙にナショナルなところに入り込みつつありますよ。それは方向修正しなきゃいけないと思いますね。

柄谷 国際的な経済とかそういった面での広がりというか深化はあると思うんですけれども、それが精神的には開かれた形になっていきません。そして、もう一つ嫌なことは、そういうふうに外でやることを、非常にシニカルに嫌らしい形で否定する傾向

ナイポール Vidiadhar Surajprasad Naipaul（一九三二〜）英領トリニダード島（現トリニダード・トバゴ）出身、インド系のイギリスの作家。二〇〇一年、ノーベル賞受賞。小説に『自由の国で』『ある放浪者の半生』、ノンフィクションに『イスラム再訪』他。

ラシュディ Sir Salman Rushdie（一九四七〜）インド・ムンバイ出身のイギリスの作家。八八年発表の『悪魔の詩』は世界的に高い評価を受けるが、イスラム社会から大きな反発を受け、インドで発禁、イランのホメイニ師からは死刑を宣告される。同書の邦訳をした五十嵐一氏は勤務先の筑波大学で殺害された。『真夜中の子供たち』『ムーア人の最後のため息』他。

水村美苗（一九五一〜）東京生まれ。十二歳のときに渡米、イェール大学でポール・ド・マンに学ぶ。大学院卒業後、一時日本へ戻るも、のちプリンストン大、スタンフォード大等で日本近代文学を教える。小説第二作の『私小説 from left to right』は日本語と英文の混交体でアメリカ生活を自伝風に描き、野間文芸新人賞を受賞した。他の小説に『本格小説』（読売文学賞）、『母の遺産——新聞小説』（大佛次郎賞）、評論に『日本語が亡びるとき』（小林秀雄賞）他がある。

があるということです。全共闘のような世代にそれがありますし、若い人にも案外そういう傾向があるんですね。

大江　そういえば、確かに若い年代で外国嫌いという人がいますね。外国に行かないし、外国語の本を読まない人も多い。そういう人たちが、今度は外国のある特別な翻訳を非常に絶対視したりするんですね。あれも不思議ですね。ドゥルーズとか、ガタリとかもそう。

柄谷　もっと前からそうですよ。そういう人にかぎって「自前の思想」とかいうんですが、じゃあ、ヘーゲルは外国人じゃないのか、マルクスは外国人じゃないのかといいたくなる。仏陀はどうなんだ、孔子はどうなんだということになる。だから、そこにあるのはやはりambivalentな態度だと思うのです。

大江　それならば、ambivalentなものから、ambiguousな態度に移ってもらいたい。

柄谷　そうですね。自前の思想とかオリジナルな文化なんて、歴史上どこにもないんだから、そう思ってやればいいんです。

大江　僕は外国語をしゃべるのが下手ですけれども、ほかの国の言葉と日本語との間の違いとつながりというか、それこそ外国語を一極に置いて、こちらに日本語を置く。その間で行ったり来たりしている、vacillateしていることが、若い時から僕にとっては文化的に一番魅力のあることでした。

そもそも僕は子供のとき、最初に一冊の本を日本語で完全に覚えて、その英訳とフランス語訳とを、とくにフランス語は文法も全然知らないのに、一冊読んだという経験が、僕の外国文学経験なんです。

僕は横文字主義というよりも、言葉と言葉の間の違い、言葉と言葉の差異の中に、文化的に一番興味あるものを見出してきた世代です。そこを乗り越えて、まともに英語の中に入っていってしまう人もいるわけですね。マサオ・ミヨシはそうです。彼は独特の思想家ですが、しかもいま英語で表現するのが一番いいんじゃないかな。日本にずっといる人でも、そういう人がいますね。

柄谷　ミヨシさんも日本にかんしてすごくambivalenceの強い人だったと思うんです。たとえば、彼は二十年間、日本語をしゃべったことがなかったらしい。去年会ったとき、彼の奥さんが僕に、彼の日本語は一体どうなのかと聞くんです。奥さんは英文学のミヨシ教授の学生だった人で、日本語を全然知らない。だから、マサオがしゃべる日本語はどういうものなのかと僕に聞くんです。僕は彼の日本語はポライト過ぎるといいました（笑）。英語に比べて、ということですけれどもね。

大江　ものすごく上品な、育ちのいい日本語ですね。うちの家内は、ミヨシさんのことを、それこそああいうディーセントな人はいないといっています。それを聞くたびに、ジェイムソンとか、アメリカからの客がびっくりするんです。ミヨシは英語で戦う人ですから。しかし、よく見ると、あの人は英語でも本当に人間らしい寛容さのある人ですね。

柄谷　もちろん、ミヨシさんは近年は日本語で書いたりもするし、いわばambiguousを認める方向に来ていると思います。

特殊な日本語の普遍的な表現

大江　今度僕のいろんな翻訳が新しく出て、自分でも楽しんで読めるものは読むんです。フランス語で『静かな生活』が『Une existence tranquille』というタイトルで出ていますが、とくにこれは本当によくできていると思います。それは最初からフランス語で書かれている小説かと思うぐらい（笑）。

柄谷　それはナカムラ君たちですか。

大江　新しい人で、もちろん実力のある、知られてもいる女性。アンヌ・バヤール＝坂井という人が訳されたんです。じつに良い文章で、平易に訳してある。フランス語の本なのに、内容を知っているからもありますけれども、夕方から読み始めて朝までに読むことができて、この作家はなかなかいい作家だねと思って（笑）、僕は寝たん

アンヌ・バヤール＝坂井
（一九五九〜）東京生まれ。一九八九年パリ第七大学大学院にて博士号取得。リール第三大学教授を経て、九八年からフランス国立東洋言語文化大学日本言語文化学部教授。二〇〇九年に石田衣良『池袋ウエストゲートパーク』の仏訳で野間文芸翻訳賞を受賞。*L'ombre des fleurs*（大岡昇平『花影』）、*Une existence tranquille*（大江健三郎『静かな生活』）、*La clef*（谷崎潤一郎『鍵』）他がある。

です。

今まで僕の翻訳は、大体翻訳しがたいような言語で書いたものを抵抗を超えて翻訳してくださっていたと思う。ナカムラ・リョウジ君も、セカティーさんも、ジョン・ネイサンも、みんなそうしてやってくれた。ありがたかった。『万延元年のフットボール』の英訳者もそうです。

小説を書くときは翻訳のことは考えずに自分の言葉、イメージをどんどんつくっていく。ところが、自分でも明らかに翻訳を意図して書く文章があるわけです。外国語でする講演の原稿がそうで、英語で話したものがほとんどですが、フランス語でスピーチをするときは、やはりその原稿がちょっと特別な文体になります。

いわば自分で翻訳しながら書くように、単語のイクゥイバレントを英語で探しながら書くわけですね。あるいはこの言い回し、この接続は、自分は日本語のかなり古つわものだからできるけれども、ほかの言葉では、こういう論理は二つ接続できないと思うときがあります。そういうのはやめます。そのようにして、新聞などで嫌みをいわれるような文章になるわけですね。

しかしその場合に、自分は普遍的な言葉を考えているのかもしれないという感じはあるんです。これは極端な例ですけれども、そういうときの実感として、どこの国の人にでも理解してもらえるような普遍的な世界言語というものがあって、あらゆる国

ナカムラ・リョウジとセカティー

ナカムラ・リョウジ（中村亮二）翻訳家。一九七八年よりフランスに住む。八〇年代初頭から、日本文学のフランス語への翻訳を始める。また、ガリマール社、フィガロ社などで編集にも携わる。二〇〇七年に帰国、大学等で文学やフランス語を教える。

セカティー René de Ceccatty（一九五二〜）チュニジア生まれの作家、翻訳家、編集者。

ナカムラ・リョウジ氏とセカティー氏による大江作品の共訳に *Seventeen*（『セヴンティーン』）、*Le jeu du siècle*（『万延元年のフットボール』）、*Le faste des morts*（『死者の奢り』）、*Arrachez les bourgeons, tirez sur les enfants*（『芽むしり仔撃ち』）、*Lettres aux années de nostalgie*（『懐かしい年への手紙』）他がある。

の人間がそういう言語で考えようとしてくれれば、共通の討論はあり得ると思うわけです。

みんなが普遍的な言語で話すように書く、しかも、それが自分の文体、文学でもあると考えて、日本人は日本の文学を改良していくことが必要なんじゃないか。それは明治の言文一致のときに彼らが試みたことと似ているんじゃないかという気持ちを持っているんです。まさに柄谷さんの専門だけれども、例えば漱石の言語は、英語にもできるやり方で書こうと思っているんじゃないでしょうか。『明暗』にしても、特に晩年は。

柄谷　そうですね。ちょっと話の本筋からそれますけれども、日本で言文一致の文をつくろうとしたときに、結局、二葉亭四迷の翻訳が一番影響を与えたわけですね。二葉亭自身の小説ではなくて、彼のツルゲーネフの翻訳です。近代日本の文章は翻訳から来ている。それ以後もそうですね。新感覚派などもそうですし、つまり、外国語そのものではなくて、その翻訳が、しかも悪文と呼ばれるような翻訳が影響を与えています。

僕は大江さんが出てきたころ高校生で、日本の現代文学を読んだのも大江さんの初期の作品が最初のようなものですが、何よりも文章が新鮮でした。それは翻訳の日本語に近いものですね。たぶんガスカールの翻訳とか、ノーマン・メイラーの翻訳とか、そういうものを感じました。

新しい文章をつくるときに、決して母国語の内部でなされるとは思わないんです。それは、やっぱり翻訳文のように母国語に抵抗するような文章を持ってくることで、可能になると思うんですよ。しかし、それが英語になるとか、ヨーロッパ語になったときは、どうなるのだろうか。日本語の中で反逆的になされたことが、英語あるいはフランス語になった場合、その部分は消えてしまうでしょう。


大江　そういうことは確かにありますね。いわば、自分の思いとは逆に。

僕は今度の演説のドラフトをまず自分の英語で書きました。それを翻訳した日本文を、僕の大学の一年生のときからの友達に訳してもらうんです。彼はイギリス人と相談したりもする、非常に丁寧な人なんです。今度は彼の方のドラフトを見て、僕として抵抗しなきゃいけないことがあるわけですね。かなり長く抵抗するんです。しかし最後には納得する。そして彼がタイプで清書してくれた原稿を見ながら、僕の日本語の文章を直していったのです。

だから、君は自分でまず日本語の原稿を作ったはずなのに、なぜ行きの飛行機の中でまで日本語を直していて、新聞社に渡すのが遅れて迷惑をかけたのかと記者にいわれたのですよ。

ところが、僕は飛行機に乗ってまで文章を直したんだけれども、自信がないものですから、それをそのまま記者たちに渡すのは止めて、英語を読みながら自分の言葉であらためてシノプシスをつくってみたんです。ちょうど三分の一のものをつくって、それを新聞社の記者のグループの代表に渡した。ストックホルムのホテルで徹夜したんです。

英語に訳されてしまうと、自分の物の考え方や思考の展開の仕方、書き方が本当に壊滅的な打撃を受けますよ。そうすると、やはり自分は特殊な人間だと思うな。しかし、特殊な人間日本人、特殊な言語日本語を使って、普遍的なものを書きたいという気持が、かつても強かったし、いまも強い。

柄谷 日本語で欧文脈という言い方がありますが、そういう文章でも英語とは違いますね。何が違うかというと、文と文のつながりというか転換が違うように思います。自分僕は自分で日本語で書いたものを英語にしようとすると、それに気がつきます。自分がやると、もとの日本文自体を消してしまうんですね。翻訳者だと、それを一応すべて受け取った上で英語で通用するように工夫するわけですが、僕本人がやると、通じないところは全部消してしまいます。翻訳を前提して書いた文章でさえも、いざ英語にしようとすると、いかに日本語的であったかということに気づくんですね。

僕は実際上、ここ十七、八年間、自分の仕事をやるときに、これは翻訳されるであろうと考えてやっているわけです。事実そうなってきているし、今後もふえていくと思うんです。しかし、もっと気楽にやれなかっただろうかと思うときがあるんですね。それは今のところできない。超自我みたいなものに規制されている。だから、どこかで羽目を外したいというか、絶対翻訳できない日本語を書いてみたい気持がありますね。それを認めておかないと、ある時期にひっくり返る可能性がありますから。その両義性を認めておこうと思っているわけです。

大江　僕は今度、講談社インターナショナルから『あいまいな日本の私』の英語の講演集を出してもらったんです。四つの講演が入っているんですが、その中に一つだけ、翻訳者の名前がないのがあるんですよ。それは、僕が書いた草稿なんです。ところが、読んでみると、僕が書いたものなんだけれども、僕の書いたままではない。すなわち、どんどん何人もの人が英語に手を入れてくれたわけです。それを収録してもらった。そうすると、日本人が英語で何か表現しようと思ったときの苦しみとかそういうものも、読者の方に少しは伝わるかもしれないと思って。日本人で英語で読んでくださる人もいるでしょうから。

柄谷　アメリカの会議などの講演は大概後で本にしますよね。でもそういうのは、英語の草稿しかない。ただその前の日本語の草稿がある場合もありますが、さっきいったように、自分で英語にするとき変えてしまうし、加筆して元のものとは大幅に違っている。だから、そういうものを日本語にするときは、人に翻訳してもらいます。ど

『あいまいな日本の私』の英語の講演集 *Japan, the Ambiguous, and Myself*（講談社インターナショナル、一九九五年）*Speaking on Japanese Culture before a Scandinavian Audience, On Modern and Contemporary Japanese Literature, Japan's Dual Identity:A Writer's Dilemma, Japan, the Ambiguous, and Myself* の四本の講演を収める。対談で話題に上っている翻訳者名のないものは、九〇年にサンフランシスコで行なった講演 *On Modern and Contemporary Japanese Literature* のこと。

うにもめんどうだし、自分でやる気が起こらないから。

大江　でも、そういうめんどうなことを、試行錯誤をかさねながら、あなたは少なくとも二十年はやられてきたのでしょう。そうした言葉との格闘の経験が新しい批評家というか、思想家としてのあなたをつくったところがあると僕は思うな。

柄谷　確かに、ほかの批評家は、僕のようなむだな苦労はしていないと思っていますね（笑）。

大江　そこでくり返し僕が次の文学世代にいいたいのは、特殊な日本人の特殊な言語日本語を使って表現して、特殊な言語の独自性は保ち続けてもらって、しかも普遍的な表現にしてもらいたい。そして、特殊な日本人を少しは普遍的な日本人にしてもらいたいということなんです。

柄谷　僕もそれは大事だと思います。

年表

大江健三郎　柄谷行人

※大江健三郎氏の年譜は『大江健三郎全小説』（全一五巻、講談社）の別丁用年譜を基に作成し、柄谷行人氏の年譜は『柄谷行人インタヴューズ 2002-2013』（講談社文芸文庫）の年譜を一部割愛・編集し、二〇一四～一七年を加えて作成しました。そのため一部両者の表記・書式が異なります。

大江健三郎

柄谷行人

一九三五 昭和一〇

零歳 一月三一日、四国山脈の中央部に近い愛媛県喜多郡大瀬村（現在は内子町大瀬）に生まれる。父・大江好太郎と母・小石の三男。兄二人、姉二人、弟が一人、妹が一人の七人きょうだいの五番目。祖先は大洲藩の武家の流れをくみ、曾祖父は藩校で学問を教える伊藤仁斎の系譜の漢学者。大瀬村は小田川の南北に広がる山村で、生家は村の中心部に位置し、紙幣の原料、三椏（みつまた）の繊維を精製して内閣印刷局へ納めるのを家業としていた。祖母フデは江戸時代後半の一揆を「オコフクの物語」として語り聞かせた。

一九四一 昭和一六

六歳 四月、大瀬国民学校に入学。一二月、太平洋戦争が始まる。戦争中、長姉・一は満州（中国東北部）へ骨董商の叔父を手伝いに行き、長兄・昭太郎は松山の海軍航空隊で甲種飛行予科練習生となり、松山の商業学校に通う次兄・清信も勤労動員で家を離れた。

零歳 八月六日、兵庫県尼崎市南塚口町に生まれる。本名は善男。

一九四四 昭和一九

九歳 一月、祖母が亡くなる。夏、小田川が氾濫し、大洪水が起こる。一一月、父が心臓麻痺のため、五〇歳で急死する。

一九四五 昭和二〇

一〇歳 大瀬国民学校五年生で敗戦を迎える。雨のしずくの中に「世界」を発見し、初めて詩を書く。

一九四七 昭和二二

一二歳 大瀬小学校（学制改革で改称）を卒業し、新制の大瀬中学校に入学。五月、日本国憲法施行。二年時、子供農業組合の組合長となり、鶏の雛を育てる事業などを手掛けた。長兄の影響で芭蕉や斎藤茂吉をよく読む。郵便為替で岩波文庫版『罪と罰』を取り寄せ、感想を生徒会誌に寄稿する。

一九四八 昭和二三

七歳 四月、尼崎市立上坂部小学校に入学。

一九五〇 昭和二五

一五歳 大瀬中学校を卒業し、愛媛県立内子高等学校に入学。上級生らから暴力行為を度々被る。

一九五一 昭和二六

一六歳 二月、生徒会誌「梅の木」にエッセイ、詩などを寄稿。四月、松山市の県立松山東高等学校へ転入、下宿生活を始める。映画監督の伊丹万作の長男、伊丹十三（本名・池内義弘）と知り合う。共に文藝部誌「掌上」を編集し、ランボーをはじめ多くの詩集を読み、詩や評論を書く。

一九五二 昭和二七

一七歳 一月、渡辺一夫著『フランスルネサンス断章』と出会い、渡辺教授に師事しようと、東京大学への進学を決意する。

一九五三 昭和二八

一八歳 松山東高等学校を卒業。上京し、正修予備校に通う。この頃、伊丹から実妹・池内ゆかりを紹介され、文通を始める。

一九歳　東京大学文科二類に入学。九月、東大学生演劇脚本として「天（そら）の嘆き」を書き、佳作となる。

二〇歳　短編「火山」を東大教養学部の学内誌「学園」九号に発表、初めて活字になったこの小説は、銀杏並木賞第二席となる。東大学生演劇脚本として「夏の休暇」を書き、二年連続入賞となる。パスカルやカミュ、サルトル、N・メイラーやフォークナー、安部公房らを読む傍ら、商業デザイン事務所で働き始めていた伊丹のために、喜劇的な探偵小説「行く力 Force qui Va」を二年間書き続けた（原稿は所在不明）。

二一歳　三月、短編「火葬のあと」が「文藝」第五回全国学生小説コンクール選外佳作となる。四月、文学部フランス文学科に進む。主任教授は渡辺一夫博士。同学科の石井晴一、塙嘉彦、英文科に進む山内久明らと友人になる。学内誌「学生生活」七月号に「黒いトラック」発表。九月、東大学生演劇脚本「死人に口なし」「獣たちの声」を書き、後者は創作戯曲コンクールに入選。

二二歳　五月、「獣たちの声」を短編に書き直した「奇妙な仕事」が、荒正人の選考により東大の第二回五月祭賞を受賞。「東京大学新聞」に掲載されると、平野謙が「毎日新聞」の文芸時評で高く評価する。直後より文芸誌から小説の執筆依頼が相次ぎ、「死者の奢り」を「文學界」八月号に、「他人の足」を「新潮」同月号に発表。「石膏マスク」を「近代文学」九月号に、「偽証の時」を「文學界」一〇月号に発表。一一月、朝日放送ラジオドラマ「遊園地」執筆。戯曲「動物倉庫」を「文學界」一二月号に発表。

一九五四　昭和二九

一三歳　三月、尼崎市立上坂部小学校を卒業。四月、私立甲陽学院中学校に入学。

一九五五　昭和三〇

一九五六　昭和三一

一九五七　昭和三二

一六歳　三月、私立甲陽学院中学校を卒業。四月、私立甲陽学院高等学校に進学。

一九五八　昭和三三

二三歳　一月、「死者の奢り」が第三八回芥川賞候補となり、選考会では次点となる。「飼育」を「文學界」一月号に、「人間の羊」を「新潮」二月号に、「運搬」を「別冊文藝春秋」同に発表。三月、初の単行本となる短編集『死者の奢り』を文藝春秋新社より刊行。初の長編小説「芽むしり仔撃ち」を「群像」六月号に、「見るまえに跳べ」を「文學界」同に発表。六月、単行本『芽むしり仔撃ち』を講談社より刊行。「暗い川おもい櫂」を「新潮」七月号に発表。七月、第三九回芥川賞を「飼育」により受賞する。「不意の啞」を「新潮」九月号に、「戦いの今日」を「中央公論」同に発表。一〇月、短編集『見るまえに跳べ』を新潮社より刊行。この頃、大学院へは進まず、「小説を書いて生きる」ことを決意する。

一九五九　昭和三四

二四歳　一月、NHKラジオドラマ「北の島」取材で北海道礼文島を訪ねる。三月、一年留年して東京大学を卒業。卒業論文は「サルトルの小説におけるイメージについて」。「部屋」を「新潮」六月号に発表。「ここより他の場所」を「中央公論」七月号文芸特集号に発表。七月、書き下ろし長編『われらの時代』を中央公論社より刊行。「共同生活」を「群像」八月号に発表。九月、「婦人公論」に連載した長編『夜よゆるやかに歩め』を中央公論社より刊行。「上機嫌」を「新潮」一一月号に発表。この年、世田谷区成城に転居し、のちに近所に住む武満徹と親しくなる。

一九六〇　昭和三五

二五歳　「勇敢な兵士の弟」を「文藝春秋」一月号に、「報復する青年」を「別冊文藝春秋」二月号に発表。二月、伊丹万作の長女・ゆかりと結婚。「後退青年研究所」を「群像」三月号に発表。三月、NHKラジオオペラ台本「暗い鏡」執筆。この頃、石原慎太郎、江藤淳、浅利慶太らと「若い日本の会」で活動する。「安保批判の会」に参加し、日米安保条約締結に反対するデモに加わる。五月、中・短編集『孤独

一九歳　三月、私立甲陽学院高等学校を卒業。四月、東京大学文科一類に入学。安保闘争に参加。ブント（共産主義者同盟）に入る。

な青年の休暇』を新潮社より刊行。「第三次日本文学代表団」の一員として、野間宏、亀井勝一郎、開高健らと共に中国を訪問、毛沢東と対面する。帰国後、新日本文学会に加入。六月、「文學界」に連載した長編『青年の汚名』を文藝春秋新社より刊行。筑摩書房「新鋭文学叢書」12巻『大江健三郎集』を刊行。「遅れてきた青年」を「新潮」九月号から連載。一一月、脚本を手掛けたNHK教育テレビのドラマ「オタスの森」放映。「下降生活者」を「群像」一一月号に発表。

一九六一 昭和三六

二六歳 「セヴンティーン」を「文學界」一月号に、「幸福な若いギリアク人」を「小説中央公論」同に発表。「政治少年死す—セヴンティーン第二部」を「文學界」二月号に発表、右翼団体から脅迫される。文藝春秋新社は社としての判断で「文學界」三月号に謝罪広告を掲載する。三月、東京でアジア・アフリカ（A・A）作家会議緊急大会を開催、準備運営委員として参加する。「強権に確執をかもす志」を「世界」七月号に、「私小説について」を「群像」九月号に発表。八〜一二月、ブルガリア政府とポーランド政府の招きで、両国とギリシャ、イタリア、ソ連、フランス、イギリスを訪問。パリでサルトルにインタビューする。一二月、新日本文学会を脱会。

二〇歳 三月、ブントが解散。社学同（社会主義学生同盟）を再建する。その後、運動から離れる。

一九六二 昭和三七

二七歳 一月、長編『遅れてきた青年』を新潮社より刊行。「わが旅・文学的側面」を「新潮」三月号に、「サルトルの肖像」を「世界」同に、「私がソヴィエトの青年なら」を「文藝春秋」同に、「性犯罪者への関心」を「新潮」五月号に発表。八月、開高健との往復書簡「A・A作家会議の問題」を「文藝」五月号に掲載。八月、紀行文と対談集『世界の若者たち』を新潮社より刊行。「善き人間」を「新潮」一〇月号に発表。一〇月、「新日本文学全集」11巻『開高健・大江健三郎集』を集英社より刊行。「叫び声」を「群像」一一月号に発表。一一月、紀行文集『ヨー

二一歳 四月、東京大学経済学部に進学。

ロッパの声・僕自身の声』を毎日新聞社より刊行。

一九六三
昭和三八

二八歳 一月、長編『叫び声』を講談社より刊行。「スパルタ教育」を「新潮」二月号に発表。アクショーノフ、大岡昇平らとの座談会「日ソ文学交歓」を「新日本文学」三月号に掲載。「大人向き」を「群像」五月号に、「性的人間」を「新潮」同に、「敬老週間」を「文藝春秋」六月号に発表。六月、中・短編集『性的人間』を新潮社より刊行。「昭和文学全集」29巻『開高健・大江健三郎』を角川書店より刊行。長男・光誕生。直後、光は頭蓋骨の異常を治療するための手術を受ける。夏、広島を訪れ、原爆による被害と原水爆禁止運動の状況を取材。日本赤十字社広島原爆病院の重藤文夫院長と出会う。「困難の感覚について—わが創作体験」を「文学」一一月号に発表。

一九六四
昭和三九

二九歳 「空の怪物アグイー」を「新潮」一月号に、「アトミック・エイジの守護神」を「群像」同に発表。「ブラジル風のポルトガル語」を「世界」二月号に発表。四月、「文學界」に連載した長編『日常生活の冒険』を文藝春秋新社より刊行。「犬の世界」を「文學界」八月号に発表。八月、「飢えて死ぬ子供の前で文学は有効か？サルトルをめぐる文学論争」を「朝日ジャーナル」に発表。「現代の文学」43巻『大江健三郎集』を河出書房新社より刊行。書き下ろし長編『個人的な体験』を新潮社より刊行。「ヒロシマ・ノート」を「世界」一〇月号から連載。一一月、『個人的な体験』により第一一回新潮社文学賞を受賞。

一九六五
昭和四〇

三〇歳 江藤淳との対談「現代の文学者と社会」が「群像」三月号に掲載、「不倖（ふしあわせ）なら手を拍（たた）こう！《期待される人間像》を批判する」を「文藝春秋」同に発表。三月、エッセイ集『厳粛な綱渡り』を文藝春秋新社より刊行。沖縄本島や石垣島

二四歳 三月、東京大学経済学部を一年留年して卒業。四月、東京大学大学院人文科学研究科英文学専攻課

を講演で訪れる。「沖縄の戦後世代」を「世界」六月号に発表。六月、岩波新書『ヒロシマ・ノート』を刊行。武満徹との対談「星形の庭園で　芸術・政治・人間」が「日本」八月号に掲載される。七〜八月にかけて米ハーヴァード大学に滞在。キッシンジャー教授のセミナーに参加し、その後ミシシッピ川流域を旅する。

程に入学。ゼミはフォークナー研究で著名な大橋健三郎氏。この年、原真佐子と結婚。

一九六六 昭和四一

三一歳 「自己検閲の誘惑」を「文藝」一月号に発表。「狂気と自己救済」を「群像」三月号に発表。四月、『大江健三郎全作品』全六巻、新潮社より刊行開始（六七年二月まで）。「アメリカ旅行者の夢」を「世界」九月号から連載。「記憶と想像力」を「展望」一〇月号に発表。

二五歳 五月六日、「思想はいかに可能か」が第一一回五月祭賞の評論部門の佳作として「東京大学新聞」に掲載される。筆名は原行人。

一九六七 昭和四二

三二歳 「万延元年のフットボール」を「群像」一月号から連載。アナイス・ニン、江藤淳との座談会「アメリカ文学を考える」を「文藝」二月号に掲載。七月、長女・菜採子（なつみこ）誕生。九月、長編『万延元年のフットボール』を講談社より刊行。同作で第三回谷崎潤一郎賞を受賞。「走れ、走りつづけよ」を「新潮」一一月号に発表。一一月、那覇市で開催された沖縄の即時無条件返還要求大会に参加。

二六歳 三月、東京大学大学院人文科学研究科英文学専攻課程を修了。修士論文“Dialectic in Alexandria Quartet”を提出する。四月、國學院大学非常勤講師となる。五月一五日、「新しい哲学」が第一二回五月祭賞の評論部門の佳作として「東京大学新聞」に掲載される。筆名は柄谷行人。この頃、中上健次を知る。一二月、「『アレクサンドリア・カルテット』の弁証法」を「季刊世界文学」に発表。

一九六八 昭和四三

三三歳 「生け贄男は必要か」を「文學界」一月号に、「核基地に生きる日本人」を「世界」同に発表。一月、新宿の紀伊國屋ホールにて連続講演を一二月までほぼ毎月行う。「狩猟で暮し

二七歳 四月、日本医科大学専任講師となる。

たわれらの先祖」を「文藝」二月号から連載。三月、オーストラリアを訪問し、エンツェンスベルガー、ビュトールらと知り合う。「政治的想像力と殺人者の想像力—われわれにとって金嬉老とはなにか?」を「群像」四月号に掲載。五月、『個人的な体験』英語版の刊行を機にアメリカを訪問。七月、「投票が権利放棄を意味するとき」を「朝日ジャーナル」に発表。「核時代の森の隠遁者」を「中央公論」八月号に、「父よ、あなたはどこへ行くのか?」を「文學界」一〇月号に発表。一〇月、エッセイ集『持続する志』を文藝春秋より刊行。一一月、「日本文学全集Ⅱ」25巻『大江健三郎集』を河出書房新社より刊行。沖縄の主席公選に際し、沖縄を訪問。長男・光、二度目の脳外科手術を受ける。

一九六九 昭和四四

三四歳 「核基地の直接制民主主義」を「世界」一月号に発表。「われらの狂気を生き延びる道を教えよ」を「新潮」二月号に発表。四月、中・短編集『われらの狂気を生き延びる道を教えよ』を新潮社より刊行。七月、次男・桜麻(さくらお)誕生。「新潮日本文学」64巻『大江健三郎集』を新潮社より刊行。「沖縄ノート」を「世界」八月号から連載。一〇月、大江健三郎/江藤淳責任編集「われらの文学」18巻『大江健三郎』を講談社より刊行。「作家にとって社会とはなにか?」を「思想」一一月号に発表。

二八歳 五月、「〈意識〉と〈自然〉—漱石試論」が、第一二回群像新人文学賞(評論部門)の受賞作として「群像」六月号に掲載される。一〇月、「江藤淳論—天の感覚」を「群像」一一月号に発表する。

一九七〇 昭和四五

三五歳 「地獄めぐり、再び」を「文藝」一月号に発表。二月、評論『壊れものとしての人間』を講談社より刊行。四月、「現

二九歳 三月二三日、「大江、安部にみる想像力と関係意識—自己消滅への衝迫力」を「日本読書新聞」に

代日本の文学」47巻『安部公房・大江健三郎集』を学習研究社より刊行。七月、講演集『核時代の想像力』を新潮社より刊行。「文学者の沖縄責任」を「群像」九月号に発表。J・アップダイクとの対談「文学によって何を求めるか」を「新潮」同に掲載。九月、岩波新書『沖縄ノート』を刊行、この印税を雑誌「沖縄経験」の発刊に使う計画を進める。一一月、A・A作家会議出席のため、インド、タイ、シンガポールなどを訪問、ベナレスで三島由紀夫の自衛隊乱入、割腹自殺の報を聞く。「作家が小説を書こうとする……」を「新潮」一二月号に発表。

三六歳 「言葉と文体、眼と観察」を「新潮」三月号に発表。「復帰拒否者を想像せよ」を「世界」六月号に発表。七月、重藤文夫との対話『対話　原爆後の人間』を新潮社より刊行。大田昌秀琉球大学教授と共同編集で季刊誌「沖縄経験」を創刊、「沖縄日記」を連載する。「表現の物質化と表現された人間の自立」を「新潮」八月号に発表。九月、「現代の文学」28巻『大江健三郎』を講談社より刊行。「みずから我が涙をぬぐいたまう日」を「群像」一〇月号に、「敗戦経験と状況71」を「世界」同に、「死滅する鯨の代理人」を「新潮」一一月号に、「山羊の臭い」を同一二月号に発表。

一九七一
昭和四六

三〇歳 一月、共著『現代批評の構造』を思潮社から刊行。ジョージ・スタイナー「オルフェウスとその神話─クロード・レヴィ゠ストロース論」（翻訳）、「現代批評の陥穽─私性と個体性」を『現代批評の構造』に発表。三月、「閉ざされたる熱狂─古井由吉論」を「文藝」四月号に発表。四月、法政大学助教授となる。同月九日、一〇日、「内面への道と外界への道」を「東京新聞」夕刊に掲載。六月、「批評家の『存在』」を「文學界」七月号に、「発語と沈黙─吉本隆明における言語」を「國文學」七月号に、「高橋和巳の文体」を「海」七月号に、七月、「内側から見た生─『夢十夜』論」を「季刊芸術」夏号に、九月、「漱石の構造─漱石試論序章」を「國文學」臨時増刊号に発表。一一月一発表。四月、法政大学第一教養部専任講師に就任する。六月二三日、「『実践』とは何か─生存本質への〈畏れ〉」を「日本読書新聞」に、七月、「自然過程論」を「情況」八月号に発表。同月、「〈文芸季評〉」を「季刊芸術」で連載開始（～九月号）。九月、「錯乱をみつめる眼─古井由吉『男たちの円居』」を「文藝」一〇月号に、一〇月、「自立論の前提」を「現代の眼」一一月号に、「芥川における死のイメージ」を「國文學」一一月号に、一一月二日、「思想体験の継承国家・民族・神話」を「日本読書新聞」に、一二月、「読者としての他者─大江・江藤論争」（アンケート）に、「國文學」一月号に発表。

日、「六十年以降の文学状況―精神の地下室の消滅」を「日本読書新聞」に発表。一二月、「真理の彼岸―武田泰淳『富士』」を「文藝」一月号に、「埴谷雄高における夢の呪縛」を「國文學」一月号に発表し、「一頁時評」を「文藝」一月号から連載（～一二月号）。

一九七二 昭和四七

三七歳 「再び日本が沖縄に属する」を「世界」一月号に発表。戦後派を中心とした作家論「同時代としての戦後」を「群像」一月号から連載。二月、エッセイ集『鯨の死滅する日』を文藝春秋より刊行。この頃、連合赤軍浅間山荘事件の発生を機にドストエフスキーの『悪霊』を再読する。「作家が異議申し立てを受ける」を「新潮」三月号に、「自殺について」を同六月号に発表。埴谷雄高との対談「革命と死と文学」を「世界」六月号に掲載。一〇月、中編二部作『みずから我が涙をぬぐいたまう日』を講談社より刊行。この年から水泳の練習に通い始める。

三一歳 一月、「心理を超えたものの影―小林秀雄と吉本隆明」を「群像」二月号に発表。二月、『畏怖する人間』を冬樹社から刊行。三月、「サドの自然概念に関するノート」を「ユリイカ」四月号に、六月五日、「淋しい『昭和の精神』」を「日本読書新聞」に、同月、「知性上の悪闘」を「國文學」臨時増刊号に、七月、「夢の世界―島尾敏雄と庄野潤三」を「文學界」八月号に、八月、「場所と経験」を「新潮」九月号に、「小川国夫『試みの岸』―省略のメタフィジック」を「文學界」九月号に、一〇月、「私小説の両義性―志賀直哉と嘉村礒多」を「季刊芸術」秋号に発表。一二月、「芥川龍之介における現代―『藪の中』をめぐって」を「國文學」臨時増刊号に発表、エリック・ホッファー著『現代という時代の気質』を柄谷真佐子との共訳で晶文社から刊行。「E・ホッファーについて」を『現代という時代の気質』に発表。

一九七三 昭和四八

三八歳 「書かれる言葉の創世記」を「新潮」一月号に、「死者たち・最終のヴィジョンとわれら生き延びつづける者」

三二歳 二月、「マクベス論―悲劇を病む人間」を「文藝」三月号に、三月、「人間的なもの―今日の小説の衰弱につを「群像」同に発表。エッセイ「状況へ」を「世界」二月号から連載。三月、作家論集『同時代としての戦後』を講談社より刊行。エンツェンスベルガーとの対談「現代に生きて」を「朝日新聞」に掲載。「消すことによって書く」を「新潮」八月号に発表。九月、「書いたあとの想像力」を「読売新聞」に掲載（一〇月まで）。書き下ろし長編『洪水はわが魂に及び』上下巻を新潮社より刊行。A・A作家会議に出席のためカザフ・ソビエト社会主義共和国を旅する。一一月、「沖縄経験」第五号で終刊。一二月、『洪水はわが魂に及び』で第二六回野間文芸賞を受賞する。

一九七四 昭和四九

三九歳　二月、「ソルジェニーツィン釈放要求の声明文」に一四人の連名で署名。「ソルジェニーツィンを考える—追放について」を「新潮」四月号に、「この一年、そして明日」を「世界」九月号に発表。九月、評論集『状況へ』を岩波書店より刊行。一一月、『洪水はわが魂に及び』の創作過程を記した『文学ノート　付＝15篇』を新潮社より刊行。

一九七五 昭和五〇

四〇歳　三月、ソルジェニーツィンの釈放を求める集会で「『収容所群島』の文学的構造」と題して講演、「すばる」三月号に掲載。五月、恩師渡辺一夫が死去。金芝河の釈放を求め、数寄屋橋公園で四八時間のハンストに参加。「に

いて」を「海」四月号に、五月一七日、「平常な場所での文学」を「東京新聞」夕刊に、同月二一日、「マルクスへの視覚—掘立小屋での思考」を「日本読書新聞」に、七月、「『一族再会』について」を「季刊芸術」夏号に、「時代との結びつき」を「群像」八月号に、八月一六日、「ものと観念」を「東京新聞」夕刊に発表。夏にヨーロッパへ旅行。一一月、「無償の情熱—北原武夫」を「文藝」一二月号に発表。一二月四日、「生きた時間の回復」を「東京新聞」夕刊に発表し、同月、「柳田國男試論」を「月刊エコノミスト」一月号から連載（〜一二月号）。

三三歳　一月、「マルクスの影」を「ユリイカ」二月号に、「寒山拾得考」を「文學界」二月号に、二月、「歴史と自然—鷗外の歴史小説」を「新潮」三月号に発表。三月、「マルクスその可能性の中心」を「群像」四月号から連載（〜九月号）。五月、「自作の変更について」を「法政評論」一号に、「牧野信一における幻想と仮構」を「國文學」六月号に発表。一二月、「遠い眼・近い眼」を「群像」一月号に、「柳田國男の神」を「國文學」一月号に発表。

三四歳　二月、『意味という病』を河出書房新社から刊行。四月、法政大学教授となる。同月、「現実について—『日本文化私観』論」を「文藝」五月号に、「人を生かす思想—江藤淳」を「國文學」五月号に、六月、「自然について

せの言葉を拒否する」を「世界」一一月号に発表。一二月、野間宏、高橋和巳らと共同編集した『岩波講座　文学』を創刊。「文学1」に「なぜ人間は文学をつくり出すか?」、「文学2」に「想像力とはなにか?」を発表。山口昌男著『文化と両義性』などから文化人類学への関心を強め、ミハイル・バフチンやユングの著作からも影響を受ける。

—続『日本文化私観』論」を「文藝」七月号に発表。九月より一九七七年一月までイェール大学東アジア学科客員教授として講義。一一月、「思想と文体」（中村雄二郎との対談）を「現代思想」一二月号に発表。

一九七六
昭和五一

四一歳　「諷刺、哄笑の想像力」を「新潮」一月号に、「道化と再生への想像力」を同三月号に発表。三月、メキシコに出発。七月までメキシコシティーの国立大学コレヒオ・デ・メヒコの客員教授として英語で日本の戦後思想史を講義し、バルガス・リョサやファン・ルルフォらと知り合う。五月、評論集『言葉によって　状況・文学＊』を新潮社より刊行。「新潮」に連載した『ピンチランナー調書』を一〇月、新潮社より刊行。「眼量(こころ)を放(ひろ)げられよ—毛沢東の死によせて」を「世界」一一月号に発表。

三五歳　一月、ポール・ド・マンの要請で"Interpreting Capital"を執筆。八月、ヨーロッパへ旅行。

一九七七
昭和五二

四二歳　「現代文学研究者になにを望むか」を「海」二月号に、「文学・その方法の総体(ボディ)」を「新潮」六月号に、「知的な協同作業と文学」を「世界」七月号に、「イメージ分節化の方法—『ヴェニスに死す』による」を「海」八月号に発表。九月、『大江健三郎全作品』第Ⅱ期・全六巻を新潮社より刊行開始（七八年二月まで）。一〇月、ハワイ大学の東西文化研究所でのセミナー「文学における東西文化

三六歳　一月、「歴史について—武田泰淳」を「季刊芸術」冬号に発表。二月、帰国。三月二八日、二九日、「文芸時評〈上〉〈下〉」を「東京新聞」夕刊に連載。同月、「感じることと考えること」を「文藝」四月号に、八月、「地底の世界—『漱石論』再考」を「文体」創刊号に発表。九月、「マルクスの系譜学—予備的考察」を「展望」一〇月号に発表し、「貨幣の形而上学—マルクスの系譜学」（二回目以

の出会い」に参加する。

四三歳　「小林秀雄『本居宣長』を読む」を「新潮」一月号に発表。一月から翌七九年一二月まで「朝日新聞」の「文芸時評」欄を担当する。ギュンター・グラスとの対談「文学と戦争体験―地域性の力」を「海」五月号に掲載。五月、評論『小説の方法』を岩波書店より刊行。一〇月、評論集『表現する者　状況・文学＊＊』を、一二月、「新潮現代文学」55巻『大江健三郎「個人的な体験・ピンチランナー調書」』をそれぞれ新潮社より刊行。

四四歳　「想像する柳田國男」を「新潮」一月号に、「独裁者という鏡」を「海」二月号に発表。バルガス・リョサとの対談「小説の祝祭空間―二つの周縁から」を「海」五月号に掲載。「青年へ―中年ロビンソンの手紙」を「世界」

一九七八　昭和五三

一九七九　昭和五四

降は「マルクスの系譜学―貨幣の形而上学」）を「現代思想」一〇月号から連載（～七八年二月号）。一〇月、「作品と作者の距離」を「國文學」一一月号に、一二月、「アメリカについて」（安岡章太郎との対談）を「群像」一月号に発表。

三七歳　二月、「反動的文学者」を「群像」三月号に、四月、「漱石と文学」を「國文學」五月号に発表。七月、「風景の発見―序説」を「季刊芸術」夏号に、「唐十郎の劇と小説」を「海」八月号に、「『門』について」を夏目漱石『門』（新潮文庫）に発表、『マルクスその可能性の中心』を講談社から刊行。八月、「梶井基次郎と『資本論』」を「新潮」九月号に発表し、九月、「手帖」を「カイエ」一〇月号から連載（～七九年一二月号）。一〇月、「内面の発見」を「季刊芸術」秋号に発表。一一月、『マルクスその可能性の中心』で第一〇回亀井勝一郎賞を受賞。一二月、「私小説の系譜学」を「國文學」一月号に、「時評家の感想」を「文藝」一・二月合併号に発表し、コラム「街の眺め」を「群像」一月号から連載（～七九年六月号）。

三八歳　一月、「告白という制度」を「季刊芸術」冬号に、二月、「交通について」を「現代思想」三月号に発表。四月、『反文学論』を冬樹社から刊行。六月、「文体について」を「文体」夏季号に発表。同月、「仏教について―武田泰淳の評論」

六月号に、「海外文学への同時性」を「海」八月号に、「青年と世界モデル─熊をからかうフライデー」を「世界」同に発表。一一月、現代日本文学の最前衛を押し進めた書き下ろし長編『同時代ゲーム』を新潮社より刊行。「人生の師匠（パトロン）たち」を「別冊文藝春秋」一二月号に発表。

を『武田泰淳全集』第一七巻の解説として発表。七月、「病という意味」を「季刊芸術」夏号に、同月、「占星学のこと」を「言語生活」八月号に発表。九月、『小林秀雄をこえて』（中上健次との共著）を河出書房新社から刊行。一〇月、「根底の不在─尹興吉『長雨』について」を「群像」一一月号に、一一月、「安吾、理性の狂気」を「國文學」一二月号に発表。一二月、「児童の発見」を「群像」一月号に発表。「内省と遡行」を「現代思想」一月号から連載（〜八〇年七月号）。

一九八〇　昭和五五

四五歳　「頭のいい『雨の木（レイン・ツリー）』」を「文學界」一月号に、「子規はわれらの同時代人」を「世界」同に、「身がわり山羊の反撃」を「群像」二、三月号に発表。「『芽むしり仔撃ち』裁判」を「新潮」二月号から連載。「同時代論の試み」を「世界」三月号に発表。四月、『方法を読む　大江健三郎文藝時評』を講談社より刊行。六月、中・短編集『現代伝奇集』を岩波書店より刊行。一一月、『大江健三郎同時代論集』全一〇巻、編集代表者として参加した『叢書文化の現在』全一三巻の刊行がそれぞれ岩波書店より始まる。

三九歳　三月、「ツリーと構成力」（寺山修司との対話）を「別冊新評」に発表。四月、「構成力について─二つの論争」を「群像」五月号に、五月、「続構成力について」を「群像」六月号に、七月、「場所についての三章」を「文藝」八月号に発表。八月、『日本近代文学の起源』を講談社から刊行。九月から翌年三月まで、イェール大学比較文学科客員研究員。一二月、「隠喩としての建築」を「群像」一月号から連載（〜八一年八月号）。

一九八一　昭和五六

四六歳　講演「核時代の日本人とアイデンティティー」を「世界」一月号に掲載。二月、渋谷の山手教会にて「ドストエフスキー死後百年祭」（ロシア手帖の会主催）で講演。「『雨の木（レイン・ツリー）』を聴く女たち」を「文學界」一一月号に、「核状況のカナリア理論」を「世界」同に発表。一二月、京都

四〇歳　三月、帰国。四月六日、「八〇年代危機の本質」を「毎日新聞」夕刊に、五月一八日、「言語・貨幣・国家─私的な状況論」を「日本読書新聞」に発表。七月、「アメリカから」を「文藝」八月号に、「中上健次への手紙」を「韓国文芸」に、八月、「小島信夫論」を『新潮現代文

大学と北海道大学で「核時代」をテーマに講演。

学37小島信夫』に、「形式化の諸問題」を「現代思想」九月号に、「検閲と近代・日本・文学—柳田國男にふれて」を「中央公論」九月号に、「内輪の会」を「新潮」九月号に、「ある催眠術師」を「文學界」九月号に発表。九月、「安吾はわれわれの『ふるさと』である」を講談社版『坂口安吾選集』内容見本に発表、同月二一日、コラム「新からだ読本」①～⑫を「読売新聞」夕刊に連載（～九月二八日）。一〇月、「外国文学と私・歌の別れ」を「群像」一一月号に、「六〇年代と私」を「中央公論」臨時増刊号に、一一月、「外国文学と私・外国文学者の悲哀」を「群像」一二月号に、「『現代思想』と私」を「現代思想」一二月号に、一二月、「『草枕』について」を夏目漱石『草枕』（新潮文庫）に、「サイバネティックスと文学」を「新潮」一月号に発表、「一頁時評」を「文藝」一月号から連載（～八二年一一月号）。

一九八二 昭和五七

四七歳　「『雨の木（レイン・ツリー）』の首吊り男」を「新潮」一月号に、「さかさまに立つ『雨の木（レイン・ツリー）』」を「文學界」三月号に発表。三月、ヨーロッパの反核運動をテレビ朝日制作の特別番組を機に取材。四月、岩波ブックレットNo.1『反核—私たちは読み訴える』を刊行。「泳ぐ男—水のなかの『雨の木（レイン・ツリー）』」を「新潮」五月号に発表。五月、講演集『核の大火と「人間」の声』を岩波書店より刊行。六月、岩波ブックレットNo.4『広島からオイロシマへ』を刊行。「無垢の歌、経験の歌」を「群像」七月号に発表。七月、連作『「雨の木（レイン・ツリー）」

四一歳　一月、「凡庸なるもの」を「新潮」二月号に、二月、「建築への意志・『言語にとって美とはなにか』を読む」を「野性時代」三月号に、「鏡と写真装置—予備的考察」を「写真装置」四号に、「丸山圭三郎『ソシュールの思想』—言語という謎」を「中央公論」三月号に、四月、「『反核アピールについて』再論」を「話の特集」五月号に発表。五月、「受賞の頃—ある錯乱」を「群像」六月号に、「伝達ゲームとしての、思想」を「翻訳の世界」六月号に、六月七日、「制度としての『癌』意識—ソンタグ著『隠喩としての病』にを聴く女たち』を新潮社より刊行。「怒りの大気に冷たい嬰児が立ちあがって」を「新潮」九月号に発表。ウイリアム・ブレイクの預言詩をこの頃、熱中して読む。

ふれて」を「週刊読書人」に、八月一二日、「核時代の不条理」を「朝日新聞」に発表。

一九八三 昭和五八

四八歳 「落ちる、落ちる、叫びながら」を「文藝春秋」一月号に、「蚤の幽霊」を「新潮」同に発表。二月、『「雨の木（レイン・ツリー）」を聴く女たち』で第三四回読売文学賞・小説賞を受賞。「魂が星のように降って、跗骨（あし）のところへ」を「群像」三月号に、「鎖につながれたる魂をして」を「文學界」四月号に発表。四～五月、岩波市民セミナーにて「日本現代のユマニスト渡辺一夫を読む」を六回にわたり講演。「新しい人よ眼ざめよ」を「新潮」六月号に発表。六月、障害を持つ長男との共生を主題とした連作集『新しい人よ眼ざめよ』を講談社より刊行、同作により一〇月、第一〇回大佛次郎賞を受賞。「河馬に嚙まれる」を「文學界」一一月号に発表。秋に米カリフォルニア大学バークレー校の研究員として米国各地で講演する。

四二歳 三月二日、「私と小林秀雄」を「朝日新聞」夕刊に、同月、「懐疑的に語られた『夢』」を「ユリイカ」四月号に発表、「言語・数・貨幣」を「海」四月号から連載（～一〇月号）。四月、「ブタに生れかわる話」を「群像」五月号に、五月、「凡庸化するための方法」を「はーべすたあ」六月号に、七月、「文化系の数学」を「数学セミナー」八月号に発表。八月、「物語のエイズ」を「群像」九月号に発表。九月から翌年三月までコロンビア大学東アジア学科客員研究員。

一九八四 昭和五九

四九歳 「揚げソーセージの食べ方」を「世界」一月号に、「グルート島のレントゲン画法」を「新潮」同に発表。評論「再び状況へ」を「世界」一月号から連載。「見せるだけの拷問」を「群像」三月号に発表。四月、講演集『日本現代のユマニスト渡辺一夫を読む』を岩波書店より刊行。「メヒコの大抜け穴」を「文學界」五月号に、「もうひとり

四三歳 二月、メキシコへ旅行。四月、帰国。五月、対話集『思考のパラドックス』を第三文明社から刊行。六月、「ポール・ド・マンの死」を「群像」七月号に、九月一〇日、「モダニティの骨格」を「日本読書新聞」に、同月、「奇蹟的な作品」を森敦『意味の変容』付録「『意味の変容』ノオト」（筑摩書房）に発表。一〇月、「批評とポスト・モダ

和泉式部が生まれた日」を「海」同に発表。五月、「日仏文化サミット」に続き、第四七回国際ペン東京大会に参加。アラン・ロブ゠グリエ、ウィリアム・スタイロン、アラン・シリトーらと出会い、講演「核状況下における文学―なぜわれわれは書くか」を行う。六月、「河馬に噛まれる」で短編小説を顕彰する第一一回川端康成文学賞を受賞。カート・ヴォネガットとの対談「テクノロジー文明と『無垢(イノセンス)』の精神」を「新潮」七月号に掲載。「その山羊を野に」を「新潮」八月号に、「河馬に噛まれる part2」を「文學界」同に、「『罪のゆるし』のあお草」を「群像」九月号に発表。一〇月、米テキサス大学にてアジア諸国の招待作家フォーラムに参加、講演する。「いかに木を殺すか」を「新潮」一一月号に発表。一一月、井上靖、吉永小百合らと中国・新疆ウイグル自治区などを訪問。一二月、岩波ブックレットNo.39、安江良介との対談『「世界」の40年―戦後を見直す、そしていま』を刊行。岩波書店が創刊した季刊誌「へるめす」の編集同人となり、創刊号に「『浅間山荘』のトリックスター」を発表。同人は他に磯崎新、大岡信、武満徹、中村雄二郎、山口昌男。中・短編集『いかに木を殺すか』を文藝春秋より刊行。この頃、ブレイクに加え、イエーツやキャスリーン・レインの著作を読み込む。

一九八五
昭和六〇

五〇歳 二月、評論『生き方の定義―再び状況へ』を岩波書店より刊行。三月、「河馬の昇天」を「へるめす」第二

ン」を「海燕」一一月号から連載(〜一二月号)。一二月、「無作為の権力」を「文藝」一月号に発表、「探究」を「群像」一月号から連載(〜八八年一〇月号)。

四四歳 一月八日、「テクノロジー」を「朝日新聞」夕刊に発表。二月、「物語をこえて」を「國文學」三月号に、「日

号に発表。四月、評論集『小説のたくらみ、知の楽しみ』を新潮社より刊行。五月、米カリフォルニア大学サンタクルス校で講演。六月、「四万年前のタチアオイ」を「へるめす」第三号に発表。「死に先だつ苦痛について」を「文學界」九月号に発表。カナダ・トロント国際作家祭で講演。「生の連鎖に働く河馬」を「新潮」一〇月号に発表。一二月、「『M/T』序章　生涯の地図の記号」を「へるめす」第五号に発表。「連合赤軍事件」を基底に据えた連作集『河馬に噛まれる』を文藝春秋より刊行。

本文化の系譜学」("Genealogie de la culture Japonaise")を中村亮二の訳でMagazine litteraire — 1985 Marchに発表。五月、『ポスト・モダニズム批判—拠点から虚点へ』(笠井潔との対話集)を作品社から、『内省と遡行』を講談社から刊行。八月一三日、「アジア・ブームの中で—日本のオリエンタリズム」を「読売新聞」夕刊に発表。一〇月、インタビュー集『批評のトリアーデ』をトレヴィルから刊行。

一九八六
昭和六一

五一歳　「カーヴ湖居留地の『甘い草(スイート・グラス)』」を「新潮」一月号に、「戦後文学から今日の窮境まで」を「世界」三月号に発表。三月、「『M/T』第一章「壊す人」」を「へるめす」第六号に、六月、「『M/T』第二章 オシコメ、「復古運動」」を同第七号に、九月、「『M/T』第三章「自由時代」の終り」を同第八号に発表。「戦後文学から新しい文化の理論を通過して」を「世界」九月号に発表。一〇月、『M/Tと森のフシギの物語』を第四章「五十日戦争」、第五章「森のフシギの音楽」を書き下ろして岩波書店より刊行。一二月、戯曲「革命女性(レヴォリュショナリ・ウーマン)」を「へるめす」第九号から連載。

四五歳　一月、パリ、エコールノルマルで講演("Postmodern and Premodern in Japan")。二月、「注釈学的世界—江戸思想序説」を「季刊文藝」に連載(春季号〜秋季号・未完)。四月、「柳田國男」を『言論は日本を動かす』第三巻(講談社)に発表。"Un Esprit, Deux XIXe Siècles"「一つの精神、二つの十九世紀」(Cahiers pour un temps)を中村亮二訳で発表。同論文はのちに「現代思想」臨時増刊号「ポストモダンと日本」(八七年一一月)に掲載され、"Post-modernism and Japan"The South Atlantic Quarterly 1988に収録される。一〇月、「精神の場所—デカルトと外部性」を「ORGAN」創刊号に発表、一二月、『探究Ⅰ』を講談社から刊行。パリ、ポンピドー・センターで蓮實重彦・浅田彰とシンポジウムに出席。

一九八七　昭和六二

五二歳　二月、モスクワにてソ連・ゴルバチョフ書記長主宰の円卓会議に出席。五月、パリにて『現代日本文学短編選集・詩選集』のフランス語版刊行などを祝う会に参加、講演を行う。七月、広島の国際パブロフ学会広島大会平和シンポジウムで「被爆体験の意味と平和運動」を講演。一〇月、「全自作小説のメタ・フィクションをめざした」書き下ろし長編『懐かしい年への手紙』を講談社より刊行。一二月、「キルプの宇宙」を「へるめす」第一三号から連載。

四六歳　四月、ボストンの「ポストモダンと日本」をめぐるワークショップで共同討議。アメリカでデューク大学出版局から刊行されたワークショップの模様は、「現代思想」臨時増刊号「ポストモダンと日本」（八七年一一月）に掲載。六月、群像新人文学賞選考委員になる。九月七日、「昭和を読む」を五回にわたって「読売新聞」夕刊に連載（～九月一一日）。同月、「『貴種と転生』四方田犬彦―物語と歴史」を「新潮」一〇月号に、「個別性と単独性」を「哲学」創刊号に発表。一二月、「固有名をめぐって」を「海燕」一月号から断続的に六回連載（～八九年一二月号）。

一九八八　昭和六三

五三歳　一月、岩波新書『新しい文学のために』を刊行。岩波ブックレットNo.113、隅谷三喜男との対談『私たちはいまどこにいるか―主体性の再建』を刊行。「ベラックワの十年」を「新潮」五月号に発表。五月、評論集『最後の小説』を講談社より刊行。井上ひさし、筒井康隆との鼎談『ユートピア探し　物語探し―文学の未来に向けて』を岩波書店より刊行。九月、長編『キルプの軍団』を岩波書店より刊行。「夢の師匠」を「群像」一〇月号に発表。一一月、母校大瀬中学校にて「大瀬の子供だった頃」を講演。

四七歳　四月、デューク大学で講演。五月、雑誌「季刊思潮」（思潮社）を鈴木忠志、市川浩と創刊。「ポストモダンにおける『主体』の問題」を「季刊思潮」創刊号に発表。同月、『闘争のエチカ』（蓮實重彦との対話集）を河出書房新社から刊行。一〇月、「ライプニッツ症候群―吉本隆明論」を「季刊思潮」二号に、一一月、「堕落について―坂口安吾『堕落論』」を「新潮」一二月号に、「中野重治と転向」を「中央公論文芸特集」冬季号に発表。一二月、野間文芸新人賞の選考委員になる。同月、「死なない問題」を「海燕」一月号に、「ライプニッツ症候群―西田哲学」を「季刊思潮」三号に発表。

一九八九

五四歳　「人生の親戚」を「新潮」一月号に、「マッチョの

四八歳　一月一日、「天皇と文学」を「共同通信」に、三月、

日系人」を「文學界」三月号に発表。四月、初めて女性主人公が登場した長編『人生の親戚』を新潮社より刊行。長兄・昭太郎死去。日本ペンクラブ副会長に選出される。七月、「再会、あるいはラスト・ピース」を「へるめす」第二〇号から連載。一〇月、モスクワにてアイトマートフらとのシンポジウムに出席。ブリュッセルにてユーロパリア賞を受賞。「日本の周縁とヨーロッパ」をフランス語で講演。「アフリカへ、こちらの周縁から」を「群像」一二月号に発表。

平成元

「〈漱石〉とは何か」（三好行雄との対談）を「國文學」四月号に発表。五月、カリフォルニア大学サンディエゴ校で講演（"On Conversion"）。同月、「小説という闘争—中上健次の『奇蹟』を読む」を「群像」六月号に発表。六月、『探究Ⅱ』を講談社から刊行。同月、「漠たる哀愁」を「海燕」七月号に、「近代日本の批評　昭和前期Ⅰ」を「季刊思潮」五号に、七月三日、「『日本』に回帰する文学」を「朝日新聞」夕刊に発表。九月、「死者の眼」を「群像」一〇月号に、「近代日本の批評　昭和前期Ⅱ」を「季刊思潮」六号に、「他者とは何か」（三浦雅士との対談）、「柄谷行人年譜」を「國文學」一〇月号に、一一月、「文学のふるさと」（島田雅彦との対談）を「新潮」一二月号に、一二月、「死語をめぐって」を「文學界」一月号に、「漱石とジャンル—漱石試論Ⅰ」を「群像」一月号に発表。

一九九〇
平成二

五五歳　オペラ台本「治療塔」を「新潮」一月号に発表。一月、米カリフォルニア大学サンディエゴ校でシンポジウムに出席し、「ポストモダンの前、われわれはモダンだったのか?」を英語で講演する。「案内人（ストーカー）」を「Switch」三月号に、「静かな生活」を「文藝春秋」四月号に、「この惑星の棄て子」を「群像」五月号に発表。五月、長編『治療塔』（「再会、あるいはラスト・ピース」を改題）を岩波書店より刊行。六月、『人生の親戚』で第一回伊藤整文学賞を受賞。「自動人形の悪夢」を「新潮」六月号に、「小説の

四九歳　一月八日、「『歴史の終焉』について」を「読売新聞」夕刊に連載（～一二日）。三月、「歴史の終焉について」を「季刊思潮」八号に発表。この号で「季刊思潮」は終刊。五月、新潟の安吾の会で講演。中上健次・筒井康隆らと文藝家協会を脱退。同月、「六十年」を「海燕」六月号に、六月、「やめる理由」を「すばる」七月号に、「大江健三郎について—『終り』の想像力」（笠井潔との対談）を「國文學」七月号に、七月、「安吾の『ふるさと』」を「文學界」八月号に発表。五月から一ヵ月、カリフォルニア大学アー

悲しみ」を「文學界」七月号に、「家としての日記」を「群像」八月号に発表。八月、米国、ソ連、韓国の知識人と対話したNHK総合テレビの「世界はヒロシマを覚えているか」に出演。音楽は長男・大江光による。新井敏記によるロング・インタビューを「文學界」九〜一一月号に掲載。一〇月、独フランクフルトのブックフェアにて日独シンポジウムに出席し、ギュンター・グラスと公開対談を行う。連作集『静かな生活』を講談社より、上田敏との対談『自立と共生を語る』を三輪書店より刊行。一一月、武満徹との対談を収めた岩波新書『オペラをつくる』を刊行。

五六歳 「古典の経験」を「新潮」一月号に発表。ギュンター・グラスとの対談「ドイツと日本の同時代―多様性・経験・文学」が「群像」同に掲載される。一月、「宇宙大の『雨の木(レイン・ツリー)』」を「LITERARY Switch」第一号に発表。「治療塔惑星」を「へるめす」第二九号から連載。五月、米カリフォルニア大学アーヴァイン校にて文学セミナーに、サンフランシスコで文学会議に出席。六月、コロンビア大学で講演し、ジョン・ネイサンと公開対談を行う。「火をめぐらす鳥」を「Switch」七月号に、「井筒宇宙の周縁で―『超越のことば』井筒俊彦を読む」を「新潮」八月号に発表。八月、マサオ・ミヨシ、テツオ・ナジタらと日本比較文学会に出席。一〇月、パリでミシェル・トゥルニエと公開対談を行う。一一月、「『涙を流す人』の楡」を「LITERARY

一九九一
平成三

ヴァイン校にProfessor in residenceとして滞在。九月から一二月までコロンビア大学東アジア学科客員教授としてニューヨークに滞在、講義。一一月、「『謎』としてとどまるもの」を島尾敏雄『贋学生』（講談社文芸文庫）に発表、『終りなき世界』（岩井克人との対話集）を太田出版から刊行。一二月、「手紙」を「現代思想」一月号に、「ナショナリズムとしての文学」を「文學界」一月号に発表。

五〇歳 一月、湾岸戦争反対の活動をする。三月、浅田彰とともに季刊誌「批評空間」（福武書店）を創刊。「『日本近代文学の起源』再考」を「批評空間」に連載（〜六月・二号）。同月、「『湾岸』戦時下の文学者」を「文學界」四月号に発表。四月、「国家は死滅するか」を「現代思想」五月号に発表。五月、ロサンジェルスで開催されたANY会議で講演、パネル。同月、「『批評』とは何か」（小森陽一・柘植光彦との座談会）を「國文學」六月号に発表。八月、比較文学会世界大会シンポジウム（青山学院）で講演（"Nationalism and ecriture"）。九月、「俳句から小説へ―子規と虚子」を「國文學」一〇月号に、一〇月、「テクストとしての聖書」を「哲学」一一月号に発表。一一月三日、東京大学駒場キャンパスでの国際シンポジウム「ミシェル・

Switch」第三号に発表。長編『治療塔惑星』を岩波書店より刊行。一二月、NHKテレビ番組の取材記録をまとめた『ヒロシマの「生命の木」』を日本放送出版協会より刊行。

五七歳 「僕が本当に若かった頃」を「新潮」一月号に発表。エッセイ「新年の挨拶」を「図書」一月号から連載。一月、渡辺一夫著『フランス・ルネサンスの人々』の岩波文庫化に際し、解説を寄せる。「マルゴ公妃のかくしつきスカート」を「文學界」二月号に発表。「茱萸[ぐみ]の木の教え・序」を「群像」四月号に発表。四月から「朝日新聞」の「文芸時評」欄を担当する(九四年三月まで)。五月、『僕が本当に若かった頃』を講談社より刊行。米シカゴ大学にて創立百年祭記念講演を行い、カリフォルニア大学ロサンジェルス校、ハワイ大学でも講演する。「菊池寛と人間的興味[ヒューマン・インタレスト]の小説」を「文學界」八月号に発表。秋、スウェーデン、フィンランド、エストニア、デンマークなどへ講演旅行する。九月、講演・文学・思想論集『人生の習慣[ハビット]』を岩波書店より刊行。一〇月からNHK教育テレビ番組「人間の大学」の連続講義「文学再入門」を一二回放映。原広司設計の大瀬中学校の校舎落成記念の音楽会に荘村清志、江戸京子らと出席し、講演を行う。一〇月、大江光初の作品集CD『大江光の音楽』が日本コロムビアより発売となる。同作は二〇万枚を突破し、ゴールドディスク大賞アルバム賞を受

フーコーの世紀」で講演(「『牧人＝司祭型権力』と日本」)。同月、「双系制をめぐって」を「文學界」一二月号に、「路地の消失と流亡」を「國文學」一二月号に発表。一二月、「日本精神分析」を「批評空間」四号から連載(〜九三年三月)。

一九九二 平成四

五一歳 一月、NHKで川村湊・リービ英雄・岩井克人との座談会。その後、一月から五月までコーネル大学Society for the Humanitiesに滞在。三月、酒井直樹との共同講義。四月初旬、AAS(全米アジア学会)で講演(「日本のファシズムと美学」)。同月、「現代文学をたたかう」(高橋源一郎との対談)、「漱石論」を「群像」五月臨時増刊号「柄谷行人&高橋源一郎」に発表。五月、帰国。中上健次を見舞う。六月、大分県湯布院で開催されたANYの会議で発表、パネル。八月七日、勝浦の病院に中上健次を見舞う。同月一二日、中上健次死去。同月二二日、中上健次の告別式で葬儀委員長を務める。九月、追悼「朋輩中上健次」を「文學界」一〇月号に、「中上健次・時代と文学」(川村二郎との対談)を「群像」一〇月号に発表。『漱石論集成』を第三文明社から刊行。一〇月、「フーコーと日本」(「レプレザンタシオン」)を発表。一一月、比較文学会国際大会で講演(「エクリチュールとナショナリズム」)。一二月、雑誌"Social Discourse"(モントリオール大学)でダルコ・スーヴィンを編集、「非デカルト的コギト」を発表。同月、「探究Ⅲ」を「群像」一月号から隔月連載(〜九六年九月号)。

賞。銀座・ヤマハホールにて大江光の初演奏会が開かれ、講演を行う。ノーベル賞受賞者を囲むフォーラム（以下、ノーベル・フォーラム）「21世紀の創造」で南アフリカのナディン・ゴーディマと対談。

一九九三
平成五

五八歳　一月、安部公房死去。四月、被爆者援護法の制定を求めるデモに参加。五月、ニューヨーク公共図書館にて講演。六月、家族と共にヨーロッパへ旅行、ザルツブルク、ウィーンなどを訪れる。「『救い主』が殴られるまで—燃えあがる緑の木　第一部」を「新潮」九月号に発表。一〇月、イタリアのシシリー島にて『われらの狂気を生き延びる道を教えよ』によりイタリアのモンデッロ賞を受賞。一一月、長編『「救い主」が殴られるまで—燃えあがる緑の木　第一部』を新潮社より、一二月、エッセイ集『新年の挨拶』を岩波書店より刊行。

五二歳　一月、「坂口安吾・その可能性の中心」（関井光男との対話）を「国文学解釈と鑑賞」二月号に、二月、「キューバ・エイズ・60年代・映画・文芸雑誌」（村上龍との対談）を「國文學」三月号に、「友愛論」（富岡多恵子との対談）を「文學界」三月号に、「夏目漱石の戦争」（小森陽一との対話・九二年八月末収録）を「海燕」三月号に、三月、「文学の志」（後藤明生との対話）を「文學界」四月号に発表。六月五日、バルセロナで開催されたANY会議で講演、パネル。六月、フレドリック・ジェイムソンの立教大学講義でコメンテーターを務める。八月三日、熊野大学シンポジウム「『千年』の文学—中上健次と熊野」に参加。『ヒューモアとしての唯物論』を筑摩書房から刊行。九月、「韓国と日本の文学」を第二回日韓作家会議で講演。同月、「差異の産物」を「新潮」一〇月号に、一一月、「E・W・サイード『オリエンタリズム』」を「國文學」臨時増刊号に発表。一二月、「被差別部落の『起源』—『日本精神分析』補遺」、「中上健次をめぐって」（蓮實重彦・浅田彰・渡部直己との座談会）を「批評空間」一一号に発表。

一九九四
平成六

五九歳　「揺れ動く（ヴァシレーション）—燃えあがる緑の木　第二部」を「新潮」六月号に発表し、

五三歳　一月から三月まで、コロンビア大学で講義。二月、「第三種の遭遇」を「すばる」三月号に発表し、『〈戦前〉の思考』を八月、単行本を新潮社から刊行。NHK総合テレビで「広島のソナタ　大江光の音楽と父の言葉」放映。九月、大江光作品集CD第二弾『大江光　ふたたび』が日本コロムビアより発売となる。NHK総合テレビで「響きあう父と子　大江健三郎と息子光の三〇年」放映。この頃、「もう小説の創作は行わない」というインタビュー記事中の発言が取りざたされる。一〇月、東京・サントリーホールで大江光作品の演奏会を開催、講演。一三日、スウェーデン・アカデミーが一九九四年度のノーベル文学賞を大江健三郎に授賞すると発表。授賞理由は「詩的な想像力によって、現実と神話が密接に凝縮された想像の世界を作り出し、読者の心に揺さぶりをかけるように現代人の苦境を浮き彫りにしている」。賞金総額は七百万スウェーデン・クローナ（当時約九八〇〇万円）。一四日、文化勲章の授与を辞退する。一一月、一九九二年の講義「文学再入門」と「文芸時評」をまとめた『小説の経験』を朝日新聞社より刊行。トリニダード・トバゴのデレク・ウォルコットとノーベル・フォーラムで対談。一二月、妻・ゆかり、長男・光、長女・菜採子と共にスウェーデンを訪問。七日、ストックホルムでノーベル文学賞受賞記念講演「あいまいな日本の私」を行う。一〇日（日本時間一一日）、ノーベル賞の授賞式に臨む。光

文藝春秋から刊行。三月、第Ⅱ期「批評空間」を太田出版から創刊。「美術館としての日本―岡倉天心とフェノロサ」を発表。同月、「交通空間についてのノート」を『Anywhere―空間の諸問題』に、「カント的転回」を「現代思想」臨時増刊号に発表。四月、近畿大学文芸学部大学院研究科の客員教授となる。同月三日、ボストンで開かれたAASで講演、パネル（「差別をめぐるシンポジウム」）。同月、「神話の理論と理論の神話」（村井紀との対談）を「國文學」五月号に発表。六月、モントリオールで開催されたANY会議で講演、パネル。八月三日、熊野大学シンポジウム「差異／差別、そして物語の生成」に浅田彰、奥泉光、渡部直己と参加（「すばる」一〇月号）。同月、「三十歳、海へ」を『中上健次全集3』の「解説」に掲載。同月、「中野重治のエチカ」（大江健三郎との対談）を「群像」九月号に発表。九月、アレックス・デミロヴィッチと対話（「情況」）。一〇月から一一月にかけて、「柄谷行人『集中』インタビュー」特集のため、「『啓蒙』はすばらしい」（インタビュー・奥泉光）、「『柄谷的』なもの」（インタビュー・金井美恵子）を受ける（翌年「文學界」二月号に掲載）。一一月、デューク大学で開催されたグローバリゼーションをめぐる国際会議で講演。一二月、「文学と思想」（蓮實重彥との対談）を「群像」一月号に発表。この年、済州島で開催された日韓作家会議で講演。

のCD『大江光　ふたたび』が日本レコード大賞企画賞を受賞。

六〇歳　一月、朝日賞を受賞。ノーベル文学賞の受賞記念講演などを収めた岩波新書『あいまいな日本の私』を刊行。二月、エッセイ集『恢復する家族』を講談社から刊行。画は大江ゆかり。「大いなる日に―燃えあがる緑の木　第三部」を「新潮」三月号に発表し、三月、新潮社より単行本を刊行。四月、米アトランタでノーベル文学賞受賞者のシンポジウムにオクタヴィオ・パス、クロード・シモン、トニ・モリスン、チェスワフ・ミウォシュ、ヨシフ・ブロツキー、デレク・ウォルコット、ウォレ・ショインカと共に出席。続いてニューヨークにてジーン・スタインの催した会合でエドワード・サイード、スーザン・ソンタグと対話する。五～九月、ドイツのギュンター・グラスとの往復書簡を「朝日新聞」に掲載。中国で『大江健三郎作品集』全五巻が刊行される。サイード、木幡和枝との鼎談を「世界」八月号に掲載。八月、ドイツのワイツゼッカー元大統領と対談を行う。フランスの核実験再開に抗議するため、南仏で一〇月開催予定の芸術祭に欠席すると表明。九月、伊丹十三監督の映画『静かな生活』公開。一一月、NHK制作の「響きあう父と子」が国際エミー

一九九五
平成七

五四歳　一月、福田恆存追悼「平衡感覚」を「新潮」二月号に、二月、「『物自体』について」を『Anyway―方法の諸問題』に発表。四月、カリフォルニア大学アーヴァイン校で三日間のワークショップに参加。ジャック・デリダが、柄谷の提出した二論文"Ecriture and Nationalism""Non-Cartesian Cogito"について発表。同月、「世界と日本と日本人」（大江健三郎との対談）を「群像特別編集」に発表。同月、ワシントンで開催されたAASで発表。同月二一日、妻冥王まさ子（本名・柄谷真佐子）がカリフォルニア州サクラメントの病院で死去。二三日、サクラメントで葬儀。五月、ソウルで開催されたANY会議で講演、パネル。同月、「中上健次とフェミニズム」を「すばる」七月号に発表。一〇月、「歴史における反復の問題」を「批評空間」第Ⅱ期七号に、「フォークナー・中上健次・大橋健三郎」を『フォークナー全集27』に発表、"Architecture as Metaphor"(MIT Press)を刊行。一一月一六日、松江で開催された日韓作家会議で「責任とは何か」を講演（「すばる」九六年四月号に掲載）。同月二三日、京都大学一一月祭の「京都学派」シンポジウムで大橋健三郎・浅田彰とパネル。

賞を受賞する。東京、福岡にてノーベル・フォーラムに参加。シンポジウム「日本語と創造性」に河合隼雄、谷川俊太郎と共に出席。

一九九六 平成八

六一歳 一月、講演・書簡を集めた岩波新書『日本の「私」からの手紙』を刊行。二月、武満徹死去。四月、エッセイ集『ゆるやかな絆』を講談社より刊行。五月、『大江健三郎小説』全一〇巻が新潮社より刊行開始（九七年三月まで）。イタリアの文学賞グリンザーネ・カブール賞を受賞。授賞式出席のため、六月、イタリア、ドイツを旅行し、講演を行う。八月、米プリンストン大学の客員講師を務めるため渡米、翌年五月まで滞在する。丸山眞男死去。一二月、メキシコのコレヒオ・デ・メヒコでオクタヴィオ・パスと対談を行う。

五五歳 二月、『坂口安吾と中上健次』を太田出版から刊行（六月に第七回伊藤整賞を受賞）。三月、『日本近代文学の起源』のドイツ語訳刊行。同月、ケルンとフランクフルトで講演。四月、「表象と反復」をカール・マルクス『ルイ・ボナパルトのブリュメール一八日』（太田出版）に、「20世紀の批評を考える」（絓秀実・福田和也との座談会）を「新潮」五月号に発表。六月、「言葉の傷口」（多和田葉子との対談）を「群像」七月号に発表。七月、短歌の会で岡井隆と対談。九月から一二月まで、コロンビア大学で講義（「責任と主体」）。「戦後の文学の認識と方法」（大江健三郎との対談）を「群像」一〇月号に発表。一〇月、モントリオール大学で開催された「柄谷行人をめぐる国際シンポジウム」で講演。同月、コロンビア大学比較文学科で講演（"Uses of Aesthetics"）。

一九九七 平成九

六二歳 一月、アメリカ芸術アカデミーの外国人名誉会員に選ばれ、渡米。中国の亡命作家鄭義（チャン・イー）と対面する。二〜三月、ペンシルヴァニア州立大学、テキサス大学、ハーヴァード大学、コロンビア大学などで講演を行う。八月、ハンガリー、ドイツ各地で

五六歳 四月、近畿大学文芸学部特任教授となる。六月、ロッテルダムで開催されたＡＮＹ会議で講演、パネル。ライプツィヒ大学、バウハウス大学で講演。同月、『日本近代文学の起源』の韓国語訳刊行。出版を記念して民音社と民族文学会に招かれ、講演。同月、「美学の効用――『オリエンタリズム』以後」を「批評空間」

講演を行う。「読売新聞」にエッセイ「人生の細部」を毎月連載(九九年一一月まで)。一一月、ノーベル・フォーラムでシェイマス・ヒーニー、イスラエルのシモン・ペレス元首相と対談。一二月、母・小石死去。義兄・伊丹十三が自殺。

第Ⅱ期一四号に発表。九月、コロンビア大学比較文学科客員正教授となる。同月、「死とナショナリズム」を「批評空間」第Ⅱ期一五号から連載（～九七年一二月）。同月、ミシガンで開催されたアメリカ中西部日本学会に招かれて講演（「日本精神分析」）。一〇月、「日本精神分析再考」を「文學界」一一月号に発表。一一月、韓国慶州で開催された日韓作家会議で講演。ソウルの創作と批評社で「批評空間」のための座談会をペク・ナクチョン、チェ・ウォンシク両教授と行う。一二月、フォークナー生誕百年を記念する紀伊國屋ホールでのイヴェントで、「フォークナーと中上健次」について講演。

一九九八 平成一〇

六三歳　一月、岩波書店元社長、安江良介死去。四月、自伝エッセイ『私という小説家の作り方』を新潮社より刊行。五月、大江光作品集CDの第三弾『新しい大江光』発売。五～六月、ゴーディマとの往復書簡を「朝日新聞」に掲載。七～九月、アモス・オズとの往復書簡を「朝日新聞」に掲載。一一月、ノーベル・フォーラムで講演、利根川進、立花隆と公開討論を行う。

五七歳　一月から四月まで、コロンビア大学で講義。三月、「日韓文学シンポジウムをふりかえって」を「すばる」四月号に発表。同月二三、二四日の両日、ラトガーズ大学でアンディ・ウォーホールについて講演。四月、近畿大学文芸学部大学院研究科の教授となる。五月、『坂口安吾全集』全一七巻の刊行開始（関井光男との共編・筑摩書房。～二〇〇〇年四月）。「Mélange」（『坂口安吾全集』月報）に「坂口安吾について一～一七」を連載。六月、「未来としての他者」を「現代思想」七月号に、「仏教とファシズム」を「批評空間」第Ⅱ期一八号に発表。八月、「批評の視座　批評の『起源』―カント／マルクス」を「國文學」九月号に発表、「トランスクリティーク」を「群像」九月号から連載（～九九年四月号）。一二月、中国北京で「東アジア知の共同体」をめぐる会議に出席。この年、兵庫県尼崎市に移転。

一九九九
平成一一

六四歳　一月と三月、バルガス・リョサとの往復書簡を「朝日新聞」に掲載。四月、米ボストンにてヘミングウェイ生誕百年祭で講演を行う。カリフォルニア大学バークレー校で講演。六月、武満徹の告別式で完成を誓った書き下ろし長編小説『宙返り』上下巻を講談社より刊行。六～七月、スーザン・ソンタグとの往復書簡を「朝日新聞」に掲載。一〇～一一月、テツオ・ナジタとの往復書簡を「朝日新聞」に掲載。一一月、独ベルリン自由大学の連続講座を翌年二月まで行う。ノーベル・フォーラムで講演、アマーチャ・セン、養老孟司らと公開討論。一二月、ベルリンにてドイツのワイツゼッカー元大統領やギュンター・グラス、サルマン・ラシュディらと会う。

五八歳　三月、ニューヨークに二週間滞在。ボストンで開催されたＡＡＳで講演、マサオ・ミヨシ、ハリー・ハルトゥーニアンとパネル。同月、「マルクス的視点からグローバリズムを考える」（汪暉との対談）を「世界」四月号に発表。四月、ロンドンＩＣＡで講演（"On Associationism"）。七月、「世界資本主義からコミュニズムへ」（島田雅彦・山城むつみとの共同討議）を「批評空間」第Ⅱ期二二号に、八月、「江藤淳と私」を「文學界」九月号に発表。九月、「貨幣主体と国家主権者を超えて」（市田良彦・西部忠・山城むつみとの共同討議）を「批評空間」第Ⅱ期二三号に発表。一〇月、「江藤淳と死の欲動」（福田和也との対談）を「文學界」一一月号に発表。一二月、「資本・国家・倫理」（大西巨人との対談）を「群像」一月号に発表。この年で群像新人文学賞、野間文芸新人賞の選考委員を辞任。

二〇〇〇
平成一二

六五歳　二～三月、米国に亡命中の鄭義との往復書簡を「朝日新聞」に掲載。六月、米ハーヴァード大学が名誉博士号を授与。七月、日本スイミングクラブ協会主催のベストスイマー賞を受賞。一〇～一一月、マーティア・センとの往復書簡を「朝日新聞」に掲載。一二月、初めて主人公〈長江古義人〉が登場する書き下ろし長編『取り替え子（チェンジリング）』を講談社より刊行。

五九歳　一月、『可能なるコミュニズム』を太田出版から刊行。一月から五月まで、コロンビア大学比較文学科で講義（「カントとマルクス」）。二月、『倫理21』を平凡社から刊行。同月、「世界資本主義に対抗する思考」（山城むつみとの対談）を「新潮」三月号に発表。三月、「批評空間」第Ⅱ期を休刊。五月、論文"Uses of Aesthetics"をBoundary 2, Duke University Press, 2000に発表。ハーヴァード大学で講演（"Introduction to Transcritique"）。六月三日、ニューヨークで開催されたＡＮＹ会議で講演（"Thing itself as Others"）。同月一〇日、法政大学国際文化学部創立記念で「言語と国家」の講演、ベネディクト・アンダーソンとパネル。同月、再婚。同月三〇日、エル大阪でNAM（New Associationist Movement）結成大会、講演。九月、韓国ソウルで開催されたグローバリゼーションと文学の危機をめぐる国際会議で発表。同月、「言語と国家」を「文學界」一〇月号に発表。一〇月、東京で「柄谷行人を励ます会」が開かれる。一一月、「プロレタリア独裁について」を「別冊 思想 トレイシーズ一」に発表、『NAM原理』（共著）を太田出版から刊行。一二月、「二〇〇一年の文学 時代閉塞の突破口」（村上龍との対談）を「群像」一月号に発表。同月二二日、エル大阪でNAM全国大会を開催。

二〇〇一 平成一三

六六歳 四月、シンポジウム「大江健三郎のノスタルジー」が東京市谷の日仏学院で開かれる。六月、エッセイ集『「自分の木」の下で』を朝日新聞社より刊行。七月、講演・資料集『大江健三郎・再発見』を集英社より、九月、小澤征爾との対談『同じ年に生まれて』を中央公論新社より、一一月、評論集『鎖国してはならない』とエッセイ集『言い難き嘆きもて』を講談社より、それぞれ刊行。

六〇歳 一月、「未来への希望の地—日本の可能性の中心」（マイケル・リントンとの対話）を「広告」二・三合併号に発表。一月から五月まで、コロンビア大学比較文学科で講義（「マルクスとアナーキストたち」）。二月、フロリダ大学で、三月、カリフォルニア大学ロサンジェルス校で講演（"Introduction to Transcritique"）、プリンストン大学で講演とパネル。二月、「トランスクリティークとアソシエーション」（田畑稔との対話）を「季刊唯物論研究」に発表。四月、『NAM生成』を太田出版から刊行。七月一日、一ツ橋講堂でNAM全国大会。同月から四月まで、コロンビア大学で講義。9・11の一週間前までニューヨークに滞在。一〇月、『トランスクリティーク—カントとマルクス』を批評空間社から刊行。「批評空間」第Ⅲ期創刊号発行。同月一一日、禁煙開始。一一月、「カントとマルクス—『トランスクリティーク』

以後へ」（坂部恵との対談）を「群像」一二月号に発表。一二月、「入れ札と籤引き」を「文學界」一月号に発表。

二〇〇二　平成一四

六七歳　五月、フランス政府からレジオン・ドヌール勲章コマンドゥールを受章。九月、〈長江古義人〉を主人公とする長編第二弾『憂い顔の童子』を講談社から刊行。

六一歳　一月、「入れ札と籤引き（完結篇）」を「文學界」二月号に、三月、「『日本精神分析』再論」を「批評空間」第Ⅲ期三号に発表。四月、近畿大学国際人文科学研究所が創設され所長となる。同月、『必読書150』（渡部直己・浅田彰ほか共著）を太田出版から、『柄谷行人初期論文集』を批評空間社から刊行。同月六日、ワシントンで開かれたAASで講演（“Iki and Love”）。七月、『日本精神分析』を文藝春秋から刊行。九月、シンガポール大学で講演（“Architecture and Association”）。一一月、韓国嶺南大学で講演。一二月、インドへ旅行。

二〇〇三　平成一五

六八歳　一月から「読売新聞」土曜朝刊に長編ファンタジー「二百年の子供」を連載。五月、世界各国を代表する作家ら一一人との『大江健三郎往復書簡暴力に逆らって書く』を、九月、エッセイ集『「新しい人」の方へ』を朝日新聞社より、それぞれ刊行。九月、サイード死去。一〇月、日本ペンクラブ主催のシンポジウムで鄭義と対談。一一月、『二百年の子供』を中央公論新社より刊行。

六二歳　一月から三月まで、カリフォルニア大学ロサンジェルス校で講義。二月二一日、カリフォルニア大学サンディエゴ校で講演（“On Associationism”）。三月一〇日、カリフォルニア大学アーヴァイン校で講演（“On Transcritique”）。四月二五日、バウハウス大学（ワイマール）で講演（“Architecture and Association”）。五月、“Transcritique on Kant and Marx”をMIT Pressから刊行。七月、新宿「風花」で古井由吉の朗読会に参加、「マクベス論」を朗読。九月、「建築とアソシエーション」を「新潮」一〇月号に発表。一〇月、「カントとフロイト──トランスクリティーク」を「文學界」一一月号に発表。

二〇〇四
平成一六

六九歳　六月、日本国憲法九条を守るために活動する「九条の会」結成。呼びかけ人は加藤周一を中心に大江、井上ひさし、梅原猛、奥平康弘、小田実、澤地久枝、鶴見俊輔、三木睦子。事務局長は小森陽一。東京、札幌、沖縄などの集会で講演を行う。一〇月、講演録『「話して考える（シンク・トーク）」と「書いて考える（シンク・ライト）」』を集英社より刊行。

六三歳　一月、『定本　柄谷行人集』全五巻（岩波書店）の刊行が始まる（〜九月）。一月から四月まで、コロンビア大学で講義（「近代文学の終焉について」）。二月、「帝国とネーション―序説」を「文學界」三月号に、四月、「近代文学の終り」を「早稲田文学」五月号に、七月、「資本・国家・宗教・ネーション」を「現代思想」八月号に、八月、「翻訳者の四迷―日本近代文学の起源としての翻訳」を「國文學」九月号に、一〇月、「絶えざる移動としての批評」（浅田彰・大澤真幸らとのシンポジウム）を「文學界」一一月号に発表。一二月、南インドへ旅行し、津波に遭う。

二〇〇五
平成一七

七〇歳　六月、東京オペラシティにて大江光作品の演奏会。八月、第二次大戦末の沖縄戦で陸軍大尉らが集団自決を強要したとする『沖縄ノート』の記述により名誉を毀損されたとする遺族らが、大江健三郎と岩波書店に対して賠償、出版差し止めを求めて提訴（以下、「沖縄戦裁判」と略す）。九月、テロリズムを主題とする〈長江古義人〉の第三弾『さようなら、私の本よ！』を講談社より刊行。一〇月、純文学を志す若手作家を世界に押し出すため、「大江健三郎賞」創設（講談社主催）を発表。受賞作は英・仏・独語いずれかで翻訳、出版される。

六四歳　一月から四月末まで、コロンビア大学で講義（“Reading Marx”）。三月一四日、カリフォルニア大学ロサンジェルス校で開催された会議“Rethinking Soseki's Theory of Literature”で発表。四月、朝日新聞書評委員となる。同月一三日、コロンビア大学で講演（“Revolution and Repetition”）。五月二四日、韓国の高麗大学で講演（“The Ideal of the East”）。同月、「革命と反復序説」をクオータリー「ａｔ」0号（太田出版）に発表。七月一六日、新宿「風花」で古井由吉らと朗読。九月、「革命と反復・第一章　永続革命の問題」を「ａｔ」1号に、一二月、「革命と反復・第二章　『段階の飛び越え』とは何か」を「ａｔ」2号に発表。

二〇〇六
平成一八

七一歳　六月、池袋のジュンク堂書店本店に「大江健三郎書店」を開店。九月、東京芸術劇場でモーツァ

六五歳　一月一九日、近畿大学で最終講義、三月、近畿大学を退職する。同月、「革命と反復・第三章　封建的とアジア的と」を『ａ

ルト生誕二百五十年を記念する読売交響日本楽団の「レクイエム」演奏会へ書き下ろしの長編詩「私は生き直すことができない。しかし、私らは生き直すことができる。」を寄せる。一〇月、独フランクフルトのブックフェアで講演。南仏エクサンプロバンスの文学祭に主賓として招待される。一二月、『取り替え子（チェンジリング）』『憂い顔の童子』『さようなら、私の本よ！』三部作の特装本『おかしな二人組（スウード・カップル）』を講談社より刊行。付録は「長江古義人と小説作者の対話」。

t』3号に発表する。四月六、七日、クロアチアのザグレブで、八日、スロヴェニアのリュブリャーナで講演。七月、「丸山眞男とアソシエーショニズム」を「思想」八号に発表。八月五日、熊野大学シンポジウム「坂口安吾と中上健次」に参加する。九月、連載論文「『世界共和国へ』に関するノート1」を「ａｔ」5号に発表（〜二〇〇八年一二月に10を掲載）。一〇月二七日、マサチューセッツ大学アマースト校で開催された「Rethinking Marxism 学会」で講演。三一日、シカゴ大学哲学科で講演。一二月、「鈴木忠志と『劇的なるもの』」を『演出家の仕事—鈴木忠志読本』（静岡県舞台芸術センター）に発表。

二〇〇七　平成一九

七二歳　四月、中原中也生誕百年を記念して山口市で講演。五月、大江健三郎賞の第一回受賞作に長嶋有『夕子ちゃんの近道』を決定。CS放送の特別番組のため収録したインタビューを書籍化した『大江健三郎　作家自身を語る』を新潮社より刊行。七月、講演とエッセイを収録した『読む人間　読書講義』を集英社より、「新潮」連載の長編『臈（らふ）たしアナベル・リイ　総毛立ちつ身まかりつ』を新潮社より、「朝日新聞」に連載したエッセイ集『「伝える言葉」プラス』を朝日新聞社より、それぞれ刊行。

六六歳　一月、佐藤優との対談「国家・ナショナリズム・帝国主義」を「世界」一月号に発表。五月二四日、北京の清華大学で講演。八月三日〜五日、青山真治、岡崎乾二郎、高澤秀次、渡部直己らと熊野大学シンポジウムに参加。同月、スタンフォード大学で講演。論文"World Intercourse: A Transcritical Reading of Kant and Freud"（"UMBR(a) Semblance A Journal of the Unconscious"）を発表。一一月一〇日、いとうせいこう、高澤秀次と第一回「長池講義」（八王子市長池公園自然館）を開催。一二月一日、新宿「風花」で古井由吉と朗読。

二〇〇八　平成二〇

七三歳　三月、「沖縄戦裁判」で大阪地裁は「名誉毀損は成立しない」として原告の請求を棄却。五月、

六七歳　二月、大塚英志と「新現実」五号で対談。四月二四日、ニューオリンズのロヨラ大学で講演。六月二一日、第二回「長池

第二回大江健三郎賞に岡田利規『わたしたちに許された特別な時間の終わり』を決定。ノーベル・フォーラムでオルハン・パムクと公開対談。一〇月、「沖縄戦裁判」で大阪高裁が原告の控訴を棄却。

講義」。八月九日、小林敏明、東浩紀、浅田彰、高澤秀次と熊野大学シンポジウムに参加。九月、山口二郎、中島岳志と座談会（「論座」一〇月号、この号で休刊）。一〇月、論文“Revolution and Repetition”を発表（“Rethinking Marxism 20th Anniversary, Volume20”Routledge）。論文“Revolution and Repetition”を発表（“UMBR(a) UTOPIA A Journal of the Unconscious”）。同月、黒井千次、津島佑子と座談会（「文學界」一一月号）。同月二〇日、トロント大学ヴィクトリアカレッジで、二二日、ニューヨーク州立大学バッファロー校で講演。一一月、第三回「長池講義」。一二月、マサオ・ミヨシ追悼「天の天邪鬼　マサオ・ミヨシ」を発表（「新潮」一月号）。同月、インド、ネパールへ旅行。

二〇〇九 平成二一

七四歳　一月、中国の「二一世紀年度最優秀外国小説」に『臈（らふ）たしアナベル・リイ　総毛立ちつ身まかりつ』が選ばれ、北京で行われた授賞式に出席する。五月、第三回大江健三郎賞に安藤礼二『光の曼陀羅　日本文学論』を決定。一一月、ノーベル・フォーラムでル・クレジオと公開対談。一二月、「父」の死を主題とした書き下ろし長編『水死』を講談社より刊行。

六八歳　二月、「カント再読」（『岩波講座　哲学03　言語／思考の哲学』月報10　岩波書店）を発表。三月二八日、第四回「長池講義」。四月、「国家と資本—反復的構造は世界的な規模で存在する」を「朝日ジャーナル」週刊朝日増刊号に、西部邁との座談「恐慌・国家・資本主義」を「中央公論」五月号に発表。五月二八日、カイセリ（トルコ）のエルジェス大学で講演（「ユートピアニズム再考」）。六月三日、イスタンブールのビリギ大学で講演（「抑圧されたものの回帰」）。九月五日、第五回「長池講義」。一一日、メキシコシティのメキシコ国立自治大学で講演。一一月八日、ロンドンのテート・ブリテンで講演（「資本主義の終わり？」）。

二〇一〇

七五歳　四月、井上ひさし死去。五月、第四回大江

六九歳　三月一三日、第六回「長池講義」（「アジア共同体をめぐっ

平成二二

健三郎賞に中村文則『掏摸（スリ）』を決定。六月、義父の遺稿集『伊丹万作エッセイ集』を編集、解説し、ちくま学芸文庫として刊行。九月、国際ペン東京大会で来日した高行健（ガオ・シンジェン）と対談。一〇月、台湾にてシンポジウム「国際的視野における大江健三郎文学」に出席。

て—トルコと日本を中心に」）。五月、福岡伸一との対談「科学の限界」を『エッジエフェクト福岡伸一対談集』（朝日新聞出版）に収録。九月一一日、第七回「長池講義」。八月、大澤真幸、岡崎乾二郎との鼎談「ありうべき世界同時革命」を「文學界」一〇月号に発表。一〇月二六日、ダブリンのザ・グラジュエートスクール・オブ・クリエーティブアーツ・アンド・メディアで講演。同月、奥泉光、島田雅彦との鼎談「世界同時革命　その可能性の中心」を「群像」一一月号に発表。一一月一五日、佐藤優講演会「佐藤優とキリスト教vol.２」にゲスト出演し、佐藤優と対談。

二〇一一
平成二三

七六歳　三月、東日本大震災発生。直後、震災と原発事故について米「ニューヨークタイムズ」、仏「フィガロ」などへ寄稿。四月、「沖縄戦裁判」で最高裁は五人の裁判官が全員一致で原告の上告を棄却し、大江と岩波書店の勝訴が確定する。五月、東京・新宿にて中国・韓国の研究者と日本の作家、批評家ら一二人と共に「シンポジウム大江健三郎の文学を考える」を開催。第五回大江健三郎賞に星野智幸『俺俺』を決定。六月、「さようなら原発１０００万人アクション」で鎌田慧、澤地久枝らと共に呼びかけ人となる。

七〇歳　三月一二日、第八回「長池講義」（「中国の左翼」）。同月、「資本＝ネーション＝ステートをいかに超えるか」（二〇一〇年一一月ソウルでの講演記録）を「世界　別冊№８１６」に、山口二郎との対談「イソノミアと民主主義の現在」を「文學界」四月号に発表。四月、「地震と日本」を「現代思想」五月号に発表。六月、連載論文「哲学の起源　第一回」を「新潮」七月号（〜第六回最終回「新潮」一二月号）に発表。九月一一日、「９・11新宿原発やめろデモ!!!!!」集会で「デモが日本を変える」をスピーチ。二九日、鵜飼哲、小熊英二と「デモと広場の自由」のための共同声明を発表。一〇月一五日、第九回「長池講義」（「原発とエントロピー」）。同月、『「世界史の構造」を読む』をインスクリプトから刊行。一二月一七日、東京大学駒場キャンパスで汪暉による「中国の直面する問題—国民と民主の概念を再考する」の連携講演として「『世界史の構造』と中国」を講演。

二〇一二 平成二四

七七歳 「晩年様式集（イン・レイト・スタイル）」を「群像」一月号〜一三年八月号に連載。三月、パリの書籍展「サロン・デュ・リーブル」に約二〇人の日本人作家らと共に参加、震災後の実情、原発再稼働への反対を欧州メディアへ表明した。五月、第六回大江健三郎賞に綿矢りさ『かわいそうだね？』を決定。七月、エッセイ集『定義集』を朝日新聞出版より刊行。日本外国特派員協会で内橋克人、鎌田慧と記者会見し、原子力発電所の再稼働を認めぬよう要請。この頃から市民集会「さようなら原発」で演説、デモ行進に年に数回ずつ加わる。

七一歳 一月、「ふくしま集団疎開裁判」に応援文「新たな〝東京裁判〟を」を寄稿。二月、「〈世界市民法廷〉のなかの中国―帝国主義と帝国」を「atプラス」11号に発表。三月一一日、「3・11東京大行進」と「原発ゼロへ！ 国会囲もうヒューマンチェーン」に参加。同月、『政治と思想 1960―2011』（平凡社ライブラリー）を刊行。六月二九日、大飯原発再稼働に反対し起草した「野田首相の退陣を要求する声明文」が記者会見で発表される。八月、「中上健次の死」を「別冊太陽」に、「人がデモをする社会」を「世界」九月号に発表。九月から一一月まで、中国・清華大学で講義。中央民族大学、社会科学院、上海大学で講演。九月、「秋幸または幸徳秋水」を「文學界」一〇月号に発表。一〇月、『哲学の起源』を岩波書店から刊行。一二月、「普遍宗教と哲学」を『親鸞教学』に、「日本精神分析再考」を『I・R・S・―ジャック・ラカン研究』に発表。

二〇一三 平成二五

七八歳 四月、「九条の会」講演を集めた岩波ブックレットNo.867『いま、憲法の魂を選びとる』を刊行。五月、第七回大江健三郎賞に本谷有希子『嵐のピクニック』を決定。六月、盛岡市にて日本医療マネジメント学会で「いま、なぜ希望を語るか」を講演。一〇月、長編小説『晩年様式集（イン・レイト・スタイル）』を講談社より刊行。

七二歳 二月、台北と台南で講演。同月、國分功一郎との対談「デモクラシーからイソノミアへ―自由―民主主義を乗り越える哲学」を「atプラス」15号に掲載。同月、『哲学の起源』で紀伊國屋じんぶん大賞2012を受賞。三月三〇日、第一〇回「長池講義」（「二つの遊動性」）。四月、「中国で読む『世界史の構造』」を「現代思想」五月号に連載開始（〜一〇月号）。六月、「ド・マンは何かを隠したのか」を「思想」第七号に発表。七月三日、東京国際ブックフェアで金禹昌とトークイベント。九月、「遊動論―山人と柳田國男」を「文學界」一〇月号に連載（〜一二月号）。

七九歳 五月、第八回大江健三郎賞に岩城けい『さようなら、オレンジ』を決定。同賞の終了を発表する。八月、デビュー作「奇妙な仕事」や中期、後期の作品の抜粋等二三編を収めた岩波文庫『大江健三郎自選短篇』を刊行。

八〇歳 三月、日本外国特派員協会にて鎌田慧と共に脱原発講演。四月、古井由吉との対談集『文学の淵を渡る』を新潮社より刊行。六月、沖縄・宜野湾市での講演「沖縄から平和、民主主義を問う」を体調不良で中止。紀伊國屋サザンシアターにて古井由吉とトークイベント。一〇月、東京ドイツ文化センターにてギュンター・グラス追悼講演。一一月、沖縄・那覇市にて「沖縄から平和、民主主義を問う」講演。ドイツで「政治少年死す—セヴンティーン第

二〇一四 平成二六

二〇一五 平成二七

同月、『柳田國男論』をインスクリプトから刊行。一二月、いとうせいこうとの対談「先祖・遊動性・ラジオの話」を「文學界」一月号に発表。

七三歳 一月、『遊動論 柳田國男と山人』（文春新書）を刊行。二月一五日、ICCで磯崎新、福嶋亮大とトークセッション「聖地捏造あるいはテーマパーク」。四月、『世界史の構造』英訳版をデューク大学出版局から刊行、同月一八、一九日、デューク大学で出版記念国際シンポジウム。一一月一〇日、台湾台北耕莘文教院にて講演「『哲学の起源』刊行を記念して」、同月一二日、台湾新竹市交通大学にて講演「日本戦後左翼の運動をめぐって」、同月一三日、台北市国立台湾師範大学にて講演「周辺、亜周辺をめぐって」。一二月発売の「現代思想」一月臨時増刊号で「総特集 柄谷行人の思想」。

七四歳 一月、「網野善彦のコミュニズム」を「現代思想」二月臨時増刊号（「総特集 網野善彦」）に発表。二月、「宇沢弘文と柳田国男」を「現代思想」三月臨時増刊号（「総特集 宇沢弘文」）に発表。三月二一日、早稲田大学大隈記念講堂にて「中川武教授最終講義記念シンポジウム」に中川武、原広司と出席。一一月一六日、第一一回「長池講義」（憲法9条について）、同月、鹿島茂、酒井啓子、堀茂樹と座談会「テロと戦争の時代を生きる」（「ふらんす」二〇一五年一二月号）。「文學界」一月号の「文學界書き初め」に文字は「遊動」。

二部」収録の研究書刊行。

八一歳　五月、立命館大学で加藤周一文庫開設を記念して講演。九月、仏ガリマール社より一三〇〇ページを超える選集を刊行（「政治少年死す」含む）。

八二歳　五月、講談社が『大江健三郎全小説』（全一五巻）刊行を発表。

二〇一六
平成二八

七五歳　一月、「図書」に「思想の散策」を連載開始（一月号から一七年三月号まで）、『文学論集』を岩波書店より刊行。二月二七日、第一二回「長池講義」（モアのユートピアについて）。四月、『憲法の無意識』を岩波新書より刊行。六月、大澤真幸と対談「九条　もう一つの謎」（「世界」七月号）。一〇月八日、新潟市民芸術文化会館能楽堂にて、佐藤優と対談「坂口安吾の現代性」（「１１１年目の坂口安吾」のタイトルで「文學界」一月号に掲載）。一一月四日、カトリック上野教会聖堂にて講演「憲法九条と『神の国』」、同月一一日、中国広州中山大学にて講演「〝Dの研究〟国際シンポジウムのために」、同月一四日、香港中文大学にて講演（柄谷行人研究国際シンポジウム）。同月、「カントにおける平和と革命」を「思想」（一二月号・思想の言葉）に発表。

二〇一七
平成二九

七六歳　三月二一日、カリフォルニア大学ロサンジェルス校ラスキセンターにて講演「帝国と帝国主義」。四月、カリフォルニア大学ロサンジェルス校客員教授に（四月から六月）。四月一三日、オハイオ州立大学にて講演「世界資本主義の歴史的諸段階」。五月二二日、カリフォルニア大学ロサンジェルス校歴史学科にて講演「歴史的段階としての新自由主義」。同月、『ネーションと美学』英訳版がオクスフォード大学出版局より刊行。九月二八日、コロンビアのバジェ大学にて講演「資本としての精神」。一〇月、『坂口安吾論』をインスクリプトより刊行。同月七日、ドイツ・ライ

主な参考資料

『大江健三郎書誌稿（増補版）』（森昭夫作成）、読売新聞（東京本社最終版）、『大江健三郎文学事典』（篠原茂、スタジオＶＩＣ）、『大江健三郎・再発見』（大江健三郎、すばる編集部編、集英社）、『壊れものとしての人間』（大江健三郎、講談社文芸文庫）巻末の古林尚編年譜、『大江健三郎　作家自身を語る』（新潮文庫）など。

作成―尾崎真理子

プツィヒ大学にて講演「憲法9条について」。一一月、『哲学の起源』英訳版をデューク大学出版局より刊行。

作成―関井光男・講談社文芸文庫編集部

初出

大江健三郎氏と私　書き下ろし
中野重治のエチカ「群像」1994年9月号
戦後の文学の認識と方法「群像」1996年10月号
世界と日本と日本人「群像特別編集 大江健三郎」講談社ＭＯＯＫ（1995年4月22日）

本書は初出対談に柄谷行人氏の書き下ろしエッセイ「大江健三郎氏と私」、年譜及び脚注を加え、全体を再構成したものです

大江健三郎 柄谷行人 全対話
世界と日本と日本人

二〇一八年 六 月三〇日 第一刷発行
二〇二三年 四 月 三 日 第二刷発行

著者――大江健三郎
柄谷行人

発行者――鈴木章一
発行所――株式会社講談社
東京都文京区音羽二―一二―二一
郵便番号 一一二―八〇〇一
電話 出版 〇三―五三九五―三五〇四
販売 〇三―五三九五―五八一七
業務 〇三―五三九五―三六一五

本文データ制作――講談社デジタル製作
印 刷 所――凸版印刷株式会社
製 本 所――株式会社若林製本工場

定価はカバーに表示してあります。
ISBN978-4-06-511862-7

KODANSHA